新体操(仮)

ぱんだはうす　原作
雑賀匡　著
さとう　原画

PARADIGM　NOVELS 149

登場人物

戸黒《とぐろ》　肉助《にくすけ》

　白河学園の体育教師。35歳独身で、筋肉マンの上に女生徒をエッチな目で見るので、生徒からあまり慕われていない。しかも飲み屋にツケがたまっており、昼食も食べられない極貧生活を送っている。

千家《せんけ》　まどか　体育委員でまじめな優等生。親が和風喫茶を経営している。ブルマ廃止を提案した首謀者。

相沢《あいざわ》　ユウ　威勢がよく正義感が強い。男勝りだがけっこうかわいいところもある。スポーツ大好き少女。

白河《しらかわ》　トモミ　理事長の孫娘。わがままで勝ち気な性格をしている。何でも自分の思い通りにしたがる。

桜井《さくらい》　若菜《わかな》　新体操部の顧問で、元ジュニアチャンピオン。誰にでも親切で、生徒からも慕われている。

森下《もりした》　こずえ　学園内で、ひそかに子犬を飼う１年生。自分には新体操の才能がないと思い込んでいる。

羽丘《はねおか》　みく　２年生進級と同時に和歌山から転入してきた。肉助に親しげに声をかけてくる素直な少女。

第一章　みく

第四章　まどか

第五章　若菜

目次

プロローグ

戸黒肉助《とぐろにくすけ》　様

闇《やみ》の新体操をご存じですか？
闇の新体操……。
それは淫具《いんぐ》（手具）を用いて少女の美を競う体操。
男の欲望を満たす淫《みだ》らな体操なのです。

闇の新体操協会では、常時参加していただける学園を募集しております。
ですが、ことは慎重を要するために一般には公募いたしておりません。
協会が独自に調査した結果、全国の学園の中から白河《しらかわ》学園が……。
そして、そのコーチとして優秀な体育教師であるあなたが選出されました。
ここに闇の新体操部を設立する「秘密計画書」をお送りいたします。
あなたの手で、学園に闇の新体操部をつくってみませんか？
そして……きたる七月二十日に行われる大会に出場されることを切望いたします。

闇の新体操協会

プロローグ

「くくくっ……」

戸黒肉助は、挨拶文《あいさつぶん》を読んで思わず笑ってしまった。

今朝、家を出る時に郵便受けに入っていたもので、文章中にもあるように挨拶文と一緒に「秘密計画書」と書かれた書類の束も同梱《どうこん》されている。

パラパラとその計画書とやらを捲《めく》ってみると、そこには新体操の手具（闇の新体操では淫具というらしいが）を使用した淫らな体操の内容が明記されていた。

（ケッ……バカバカしい）

肉助は計画書を机《つくえ》の上に放《ほう》り出した。

どこのどいつか知らないが、わざわざ計画書まで作って送りつけてくるなど、悪戯《いたずら》だとしたらかなり手の込んだものである。

（どうせ、暇なメスガキ共だろうがな……）

肉助の学園での評判は決してよいものではない。

三十五歳《さい》の独身教師。お世辞にも決してハンサムとは言えない容貌《ようぼう》を持ち、女生徒たちに好色の目を向けるという理由から、学園内での人気は常に最低ランクに位置する。

もっとも、優男がもてはやされる世にあって、人に誇れるのは鍛え上げた筋肉だけ……というのでは無理もない。

女生徒たちから与えられたあだ名は「筋肉バカ」もしくは「肉」であった。

（チッ……いつか思い知らせてやるぜっ）

時には女生徒たちを犯し抜いてやりたいという衝動に駆られることもあるが、そんなことをすれば職を失うどころか社会復帰すら難しくなる。

肉助にできるのは、せいぜい妄想の中で彼女たちを辱《はずかし》めてやることだけであった。

「それにしても……」

肉助は机の上の㊙と書かれた計画書を見た。

常識から考えると、そんな大会が開催されるとは到底思えない。だが、この計画書を眺めていると、闇の新体操とやらの存在をフッと信じてしまいそうになる。

ここに書かれていることは、肉助が以前から夢想していたことでもあるからだ。

レオタードに身を包んだ未成熟な少女たちが、手具を使って美を競う。そんな妖精《ようせい》のような姿を男の欲望を満たすためのものに変えていく……。

夢物語だと思いながらもついそんな妄想を抱いてしまうのは、やはり普段から女生徒たちを相手にした体育教師という仕事をしているせいだろう。目の前に瑞々《みずみず》しい若さを持つ肉体があるというのに、指一本触れることができないのである。

特に情欲の強い肉助にとっては拷問《ごうもん》のような毎日だ。

（こいつが実現できればなぁ）

肉助は再び計画書を手に取った。

ロープ、フープ、クラブ、ボール、リボンなど……本来なら健全な使い方をする新体操の手具が、この計画書では見事なまでに卑猥《ひわい》なものに変わっている。

できることなら、是非《ぜひ》ともこんな演技を見てみたいものだ。それが自分の手で指導を行うことができるのならば最高だろう。

「……よしっ」

計画書を丸めてジャージのポケットにねじ込み、肉助は体育教官室を出た。

放課後のこの時間なら新体操部が体育館で練習をしているはずだ。実際に実行できなくとも、妄想するくらいの自由は許されるはずである。


闇の新体操の選手に選ぶとしたら……。

(そうだなぁ……どいつがいいだろうな)

体育館にやってきた肉助は、ぐるりと辺りにいる女生徒たちを見まわした。

いくつものクラブが合同で使用する館内では、ブルマー姿の少女たちが元気よく走りまわっている。その間を縫《ぬ》うようにして移動した肉助は、隅《すみ》の方にレオタードを着込んだ一団を見つけて近寄っていった。

新体操部の部員たちだ。やはり闇の新体操というからには、まったくの素人《しろうと》よりも多少心得のある者がいいに決まっている。

（だが、いくら体操ができるといっても、やはり容姿は重要なポイントだろうな）

肉助は新体操部の部員たちをひとりひとりチェックするように眺めていった。

「ふふふ……先生」

不意に近くで声がする。

声の主を求めて振り返ると、そこにはひとりのレオタード姿の女生徒がいた。

「なんだ、羽丘《はねおか》じゃないか」

羽丘みく……肉助が授業を担当している二年生だ。

ほとんどの者が肉助を毛嫌いする中で、会う度に声を掛けてくる数少ない女生徒のひとりである。二年生になると同時に和歌山から転校してきたため、他《ほか》の者のように肉助に対する偏見が少ないせいかもしれない。

「戸黒先生ってほんまにおもろいんやねぇ。急に入ってきて、ひとりでブツブツと……」

「あ……なんか言ってたか、俺《おれ》？」

どうやらめぼしい女生徒を物色しながら、つい独り言を呟《つぶや》いていたようだ。

「あれはダメ……とか、これはイイとか……」

「ちょっと考え事をしていたからな」

肉助は誤魔化《ごまか》すように笑いながら、それよりも……と改めてみくを見つめる。

「お前、その格好は……」

「部活のユニフォームのこと？」

みくは小首を傾《かし》げながら、自分の姿を確認するようにくるりとまわってみせた。

ここには何度も覗《のぞ》きに……いや、見まわりにきていたのだが、みくが新体操部だったとは知らなかった。

（……だとしたら、こいつは第一候補だな）

肉助は、春からずっとみくの容姿には目をつけていたのだ。それが新体操部に所属しているとなれば、文句なしに闇の選手候補の筆頭である。

（こいつを調教することができればなぁ）

肉助は下から上へと、みくの全身に視線を這《は》わせていった。小柄で女性としてのラインにはほど遠いが、白くて柔らかそうな肌が魅力的だ。この未成熟な身体《からだ》を思うがままにできれば最高だろう。

「あ、あの……先生？」

黙り込んでしまった肉助を不審に思ったのか、みくは不思議そうに声を掛けてきた。

「ん……ああ、いや……別になんでもない」

肉助がそう言って笑みを浮かべようとした時——。

「うちの羽丘になにかご用ですか？」

不意に新体操部の部員のひとりが肉助たちの方へと近寄ってきた。

見覚えのない女生徒だが、物言いの様子から察するにおそらく三年生なのだろう。

「いや、用というほどのものではないが……教師が教え子と話をしては悪いのか？」

「今は部活の練習中ですから」

「そうか……」

ならば仕方がない。どうせいつまでも立ち話をしているわけにはいかないのだから、ここはおとなしく引き上げた方がいいだろう。

そう考えた肉助がその場から立ち去ろうとすると、

「戸黒先生」

女生徒が少し強い口調で呼び止めた。

「みくは将来を期待された娘《こ》なんです。練習の邪魔はしないでください」

その断言するような言い方に、一瞬で頭に血が上った。

(このアマッ!!　俺がいつ邪魔をしたっていうんだ!?)

思わず目の前の女生徒を張り倒しそうになったが、まわりにいた部員たちが練習の手を止めて肉助たちの様子を見つめている。

肉助は寸前のところで思いとどまった。

「ほら、みく。ここは私《わたし》に任せて早く練習に戻りなさい」

「でも先輩、話しかけたのはウチの方で……」

「こんな奴《やつ》を庇《かば》うことないよ。どうせ、レオタード姿に惹《ひ》かれてやってきたに決まってるんだから」

「な、なんだと……!?」

ずばり事実を指摘されてしまったとはいえ、教師に向かってなめた口を利く奴を放っておくわけにはいかない。肉助がその女生徒に向かって足を踏み出そうとした時、みくが割って入ってきた。

「先輩、やめてっ！」

「……ふんっ」

女生徒は肉助をジロリと見つめたが、当人であるみくに制止されたのではそれ以上のことも言えないようだ。そのまま無言で立ち去って行く。それが合図になったかのように、手を止めていた部員たちも練習を再開し始めた。

「ごめんな……先生……ウチのせいで」

「いや、別にいいけどよぉ」

肉助は憮然《ぶぜん》とした表情のまま答えた。

ムカツクがあの女生徒の言ったことも事実なので、あまり強気にはなれないのだ。

「あの……今日はあまり喋《しゃべ》れんかったけど、またウチと話しよな」

みくはそう言って肉助に微笑《ほほえ》みかけ、パタパタと走りながら練習に戻って行く。

その後ろ姿を見送りながら、いい娘だよなぁ……と、肉助は改めて思った。

奥ゆかしくて、清楚《せいそ》で控えめで……。

(くくっ……やはり俺が調教するのはあの娘しかいないいな)

肉助はそんなことを考え、密《ひそ》かにほくそ笑みながらその場を離れる。その際に、ジャージのポケットから「秘密計画書」を落としたことに気付かなかった。

そして……その計画書を、レオタードを着たひとりの女生徒が拾い上げたことにも……。


「先生、ちょっと話があるんだけど……お時間いいかしら？」

勤務時間が終わり、肉助が帰宅準備をして体育教官室を出ようとした時。

ひとりの女生徒が訪ねてきて、意味ありげな口調でそう言った。

「話……？　俺は帰るところなんだがな」

「すぐ終わりますって」

その女生徒——白河《しらかわ》トモミは、有無を言わせぬ様子で体育教官室に入ってきた。

トモミは肉助が担当するクラスの中でもかなり目立つ存在である。その理由として、容姿に優れているという面もあるが、言動に自儘《じまま》なところが多いというマイナス部分での方が大きい。理事長の孫娘であることを最大限に利用しているため、教師の中でも彼女を持てあましている者は大勢いるほどだ。

わがままで自信過剰なお嬢《じょう》さん……というのが肉助の持つトモミの印象であった。

「で、話っていうのは？」

仕方なく教官室へ逆戻りした肉助は、椅子《いす》に座りながらトモミに訊《き》いた。

「ふふふ……戸黒先生、体育館でこんなものを拾ったんだけど？」

トモミが鞄《かばん》から取り出した書類を見て、肉助は思わず青ざめてしまった。

「そ、それは……」

彼女が手にしていたのは、例の「秘密計画書」である。

「先生が落としたのを見たんですよ」

「か、返しなさい」

肉助が慌てて手を伸ばすと、トモミは避けるようにくるりと身体を回転させ、クスクスと笑いながら距離を取った。

(チッ……そういや、こいつも確か新体操部だったな)

よりによって、最悪の人物に拾われてしまったようだ。

トモミはパラパラと計画書を捲ると、目を細めて肉助を見つめた。

「ふふふ……闇の新体操ねぇ。これを理事長に届けたら、どんなことになるかしら」

「くっ……」

肉助は咄嗟《とっさ》に返す言葉を失った。

計画書が理事長の手に渡ったら厄介なことになる。自分が作ったものでもないし、実際に行動を起こしたわけではない……などという言い訳はきかないだろう。

持っているだけでも充分に問題なのである。

(なにをしてでも口を封じるしかないな)

肉助は、そう覚悟を決めて椅子から立ち上がった。

「どうしても返さないのであれば……」

「まあまあ、慌てないで」

危険な雰囲気を察したトモミは、肉助の気勢をそぐように笑みを浮かべる。

「この計画……あたしも交ぜてくれません？」

「あん？」

トモミの突飛な台詞《せりふ》に、肉助は思わず問い返した。

「お前が自らその体操をやるのか？」

「バカ言わないでちょうだいっ!!」

丁寧だった口調を一変させ、トモミはピシャリと言い放った。

「じゃあ……どういうことだ？」

「選手候補はもういるのよ。その娘を墜《お》とすのがアンタの役目」

もはや教師に対する口の利き方ではない。本来なら怒鳴りつけてやるところだが、今の肉助にそんな余裕はなかった。トモミの真意がどこにあるのかを探る方が先決だ。

「選手候補って誰《だれ》のことだ？」

「……アンタ、かなりの借金があるみたいね」

肉助の問いに答えず、トモミはまったく違うことを言い始めた。

確かに、風俗店に入り浸ったり、飲み屋のツケなどをためてしまったために、消費者金融からいくらか借りてはいる。

「アンタがその気なら、私が肩代わりしてあげてもいいわよ」

「なんだと……？」

突然の申し出に、肉助は驚いてトモミを見返した。

だが、理事長の孫娘である彼女なら、それくらいの金は本当に用意できるかもしれない。この学園の理事長である白河氏は、阿漕《あこぎ》な商売をするということで評判こそよくないが、かなりの資産家のはずだ。

（……どうせ、計画書を握られて逆らうことができないんだ。ここは黙って言うことを聞いて、借金をチャラにしてもらうというのも悪くないな）

肉助は素早く損得を計算すると、トモミの提案に乗る気になった。もし裏切るようなことがあれば、その時こそ力尽《ちからづ》くで口封じをすればいいのだ。

それに彼女が本気で協力してくれるというのであれば、闇の新体操計画もまんざら空想ではなくなるかもしれない。

「よかろう……手伝ってもらおうじゃないか」

「カン違いしないでよ。あくまで主はあたしで、アンタは従よ」

「なに……？」

「つまり、あたしがボスでアンタはただの使用人ってこと。あたしがそう決めたんだから、逆らわないでよ」

肉助が同意した途端、トモミは図に乗って偉そうな態度で宣言した。

（このメスガキがっ‼）

ムカツクがここは素直に従うしかない。

肉助は、噴き出してくる怒りをなんとか抑《おさ》え込《こ》みながら頷《うなず》いた。

「……分かったよ。だからその計画書を返せ」

「ダメよ」

「なんだと⁉　それでは話が……」

「これはアンタが変な気を起こさないように預かっておくわ。もしもあたしに反抗するようなことがあったら……分かってるでしょ？」

トモミは、計画書を顔の前にかざしながらクスクスと笑った。

第一章　みく

「それで……心当たりの選手候補とは誰《だれ》のことなんだ？」

肉助が訊《き》くと、トモミは憎々しげにひとりの少女の名を挙《あ》げた。

「羽丘みく、よ」

「ほう、羽丘か……」

その名を聞いた肉助は、少し意外な気はしたが驚きはしなかった。トモミが彼女を選んだ理由を、なんとなく察することができたからだ。

「なるほどね……」

「……なによ、なにか文句でもあるっていうのっ⁉」

「いや、別に」

肉助は苦笑して肩をすくめた。

(やれやれ……自尊心の強いお嬢様《じょうさま》だ)

トモミが選手候補としてみくを選んだのは、おそらく嫉妬《しっと》が原因だろう。

みくは新体操部ではかなり期待されている選手のようだ。上級生たちからも優遇された扱いを受けているのは、肉助に偉そうなことを言った女生徒の様子からも分かる。

だが、トモミにはそれが面白くないに違いない。

つい先日も、肉助はトモミがみくと対立する場面を目撃していた。

今日と同じように、新体操部の練習を覗《のぞ》きに行った時のことだ……。

「昨日の用具係は誰よっ⁉」

体育館に入ろうとした途端、トモミの甲高《かんだか》い声が聞こえてきた。

その怒声からして、なにか揉《も》め事《ごと》が起こったのは明白だ。肉助は咄嗟《とっさ》に入り口の付近に身を潜めて館内の様子を窺《うかが》った。もし女生徒同士の喧嘩《けんか》なら、教師である身としては仲裁しなければならなくなる。そんな面倒なことは御免であった。

「トモちゃん、大声出して……どうしたん？」

ヒステリックに喚《わめ》き散《ち》らすトモミに、近くにいた者たちを代表してみくが問い掛けた。

「見てよっ、これ‼　あたしのレオタードがっ」

そう言って、トモミは白いレオタードを突き出した。

「え……これなに？　なんか付着して……カピカピになってるじゃない」

「なんかグチャグチャね……それに、変な臭《にお》いもしない？」

トモミが手にしているレオタードを見て、まわりにいた部員たちが眉《まゆ》をひそめた。

（くくっ……）

会話を聞いていた肉助は、声を押し殺して笑った。

その前日、肉助は日頃《ひごろ》の恨みと普段抑《おさ》え込《こ》んでいる性欲の発散のために、新体操部の部室に潜り込んで女生徒たちの私物を物色していたのだ。その際に、特別いい匂《にお》いのするレオタードを見つけ、それでマスをかいてやったのである。

彼女たちには分からなかったようだが、つまり……レオタードに付着しているのは肉助の乾燥した精液なのだ。

（あれはトモミのだったのか……）

肉助は満足したようにほくそ笑んだ。

別に彼女を狙ったわけではなかったが、結果としてあの生意気な小娘に一矢報いてやったかと思うと、自然と頬《ほお》が弛《ゆる》んでくる。

「こんなことになったのは、昨日の用具当番がいけないのよ」

事情を知らないトモミの矛先《ほこさき》は、犯人よりも別の者に向けられたようだ。

「用具当番って？」

「あたし、この前から部室にもうひとつ鍵《かぎ》を掛けろって言ってたじゃないっ！　学校の中にも、どんな鬼畜《きちく》がいるか分かったもんじゃないんだからっ」

「まあねぇ……怪しい体育教師もいるもんね」

部員のひとりが同意したように頷《うなず》く。

（……俺《おれ》のことじゃねえだろうな、あのクソアマッ）

肉助が密《ひそ》かに歯噛《はが》みしている間にも、トモミの追及は続いている。

「それなのに、昨日の当番は部室の鍵すら掛けてなかったみたいじゃない」

「え……本当？」

「あたし、帰る前にこのレオタードを確認したんだもの。その時は綺麗《きれい》なままだったわ」

「昨日の用具当番って……」

「あ……それ、あたし」

その場にいた者たちが顔を見合わせた時、三年生らしき女生徒が声を上げる。

「だけど、昨日はみくと当番を代わったから……」

女生徒が視線を向けると、みくは思い出したように「あっ」と小さく呟《つぶや》いた。

「代わった……交代したの？」

「そうよ、この娘《こ》が居残り練習をするからって……。当番を交代したの」

「じゃあ、全部あなたのせいじゃない」

責任を負うべき相手がみくだと知って、トモミは語気を強めた。

「え……ウチの？」

「みく、あんた鍵を掛けたの？」

「えっと……どうだったかな……？　掛けたと思うんだけど」

「思うじゃなくて、掛けたかどうか訊いてるのよっ！」

「絶対掛けたなんて言えへんよっ！　証拠があるわけでもないし」

まるで、すべてアンタの責任だ……と言わんばかりのトモミの言葉に、さすがのみくも不快そうな表情を浮かべて言い返した。

だが、その程度でトモミが怯《ひる》むはずもない。

「どうしてくれるのよっ、これはお父様からお誕生日にもらったレオタードなのよ」

「え……そんな大切なもんなん？」

「そうよっ！　これには本物のダイヤが埋め込んであって、一千万もするんだからっ」

「ええっ!!」

値段を聞いた部員たちから、一斉に驚きの声が上がった。

陰《かげ》で聞いていた肉助も、これにはさすがにびっくりしてしまった。そんな高価なものだと知っていたら、マスなどかかずに売り飛ばしてやればよかった……と。

「だから鍵を掛けるように言ったのよっ！　どうしてくれるのよっ、みく」

「か、堪忍な……うち、知らんかったんよ……」

単なるレオタードでないことを知って、みくは慌てて頭を下げた。

「知らなかったでは済まされないわよっ」

「……みくに責任を取らせようっていうなら、あたしも同罪よ」

当番を交代したという女生徒が、みくに詰め寄るトモミの前に進み出た。

「それでなに？　弁償しろっていうの？」

「あ、あたしはそんなことを言ってるんじゃ……」

　女生徒がみくの肩を持つような発言をしたことで、トモミは思わず語尾を濁した。相手が上級生では、さすがの彼女も頭ごなしに怒鳴りつけるわけにはいかないのだろう。

「でもさぁ……そんなにみくが悪いわけ？」

「は？」

「だって指定のユニフォームがあるのに、そんな高価なものを勝手に持ってきてさ」

「そういえばそうですね」

　女生徒の言葉に、他の部員たちも同意するように頷いた。

「ウン、大事なものなら使わなきゃいいんだし」

「鍵とかも、白河さんが勝手に言ってるだけじゃない」

「あ、あたしが悪いっていうのっ⁉」

　その場の雰囲気がみくを擁護するものに変わってきたことを悟って、トモミはヒステリックな声で叫んだ。

「でも……そうしたら、トモちゃんのユニフォームは……」

「あんたが気にすることないって、みく」

　女生徒は心配そうにトモミを見つめるみくの肩を抱いた。他の部員たちも、同意見であるのは間違いないだろう。

　ひとり孤立したトモミは、唇を噛みしめてみくを睨《にら》みつけていた……。

（ま、あれが決定的だったんだろうなぁ）

放課後――人気のなくなった体育館の用具室に潜り込んだ肉助は、暗い室内にうずくまったまま、みくを犯せというトモミの心境を想像していた。

（いくら憎いからといって、みくを呼び出す手配までやってのけるとはな……）

その執念には感心してしまうほどだ。

「あんな女、立ち直れないくらいズタズタにしてやるのよっ！」

肉助に命令する際にも、トモミはくどいほどに念を押していた。

（やれやれ……俺はお嬢様の道具じゃないんだがな）

まあ、これをトモミの私怨《しえん》を晴らすためではなく、闇《やみ》の新体操の部員を確保するためだと思えば腹も立たない。

それに、ずっと狙っていたみくを自分のものにするチャンスなのだ。

ことが露見しても、トモミが絡んでいる以上、理事長がすべてを闇に葬り去ってくれることすら期待できるのだから……。

「……ん？」

近付いてくる足音に、肉助は思考を中断して耳を澄ませた。

すでに部活動は終えている。校内に残っている者はほとんどいない時間なのだが、肉助は慎重を期すために物陰に隠れたまま、ジッと近付いてくる人物を待った。

「遅なってしもたなぁ……」

用具室のドアが開くと同時に、小さな呟き声が聞こえてくる。

間違いなくみくだ。おそらくトモミに頼まれたのだろう。室内に入ると、両手に抱えた用具を手早く指定の場所に収め始めた。

肉助は物陰から出ると、そっとドアに近付いて金属製の鍵を掛けた。

カシャン！

「キャアアッ!!」

鍵が閉まる音に驚いて、みくは悲鳴を上げながら振り返った。

「よう、遅かったじゃねえか。待ちわびたぜ」

「な……なんや、戸黒先生……脅かさんといてや」

そこにいるのが肉助だと知って、みくはホッと溜《た》め息《いき》をついた。

だが次の瞬間、この暗がりの中に肉助がいることに疑問を持ったのだろう。

「で、でも……なんで？　戸黒先生……こんな真っ暗なとこでなにしとったん？」

「だから、お前を待ってたんだよ」

「待ってたって……ウチはトモちゃんに頼まれて、荷物を置きにきただけで……」

あるいは本能が知らせるのだろうか。みくはこの場の不穏な空気を感じ取ったかのように、肉助からジリジリと距離を取り始めた。

「おいおい、怖《こわ》がることないじゃないか」

「べ、別に怖がってなんか……」

みくは否定の言葉を口にしたが、その声は明らかに震えていた。

「くくく……いい匂いがするな。練習を終えた後にシャワーでも浴びてきたのか？」

「……せ、先生……なにか……用なん？」

「まあな」

「ウチ、急いでるから……これ置いたらすぐに帰ります」

みくは用具を棚に適当に放《ほう》り込むと、肉助の横をすり抜け、急いでドアへと向かう。

肉助は、そんなみくの腕をがっちりと捕まえた。

「おっと……まだ用事は済んでないぞ」

「キャッ！　は、離して……なにするん⁉」

「レオタードの件……」

みくの耳元に顔を寄せ、肉助はぼそりと呟くように言う。

「トモミと随分と派手にやったようだな。だいぶ噂《うわさ》になってるぜ」

「……そ、それが……どうかしたん？」

「トモミから頼まれちまったんだよ……『みくを懲《こ》らしめてくれ』ってな」

「え……!?」

「すまんがそういうことなんだ」

肉助は言い終えると同時にみくを引き寄せ、その細い身体《からだ》を抱きしめた。

その行為で「懲らしめる」というのが単なる叱責《しっせき》や暴行でないことを知ったみくは、渾《こん》身《しん》の力で肉助の腕を振り払うと、慌ててドアへと駆け寄る。

だが……ドアノブは、いくらまわしても開かなかった。

「な、なんで……開かへん……」

「逃げても無駄だぜ」

肉助は手にしていた鍵をチャラチャラと振ってみせた。用具室は、内からでも鍵がないと開かない仕組みになっているのだ。

(袋の鼠《ねずみ》とは、まさにこのことだな)

肉助は、脅《おび》えた表情で見つめ返してくるみくにゆっくりと近寄っていった。

「…………せ、先生」

「そう嫌がるなよ。笑ってくれよ、みくちゃん」

「ひっ……」

「くくくっ、たっぷりと可愛《かわい》がってやるからな」

小刻みに身体を震わせるみくの全身を、肉助は上から下まで舐《な》めるように見つめていく。

この身体を今から満足いくまで楽しめるのかと思うと涎《よだれ》が出てきそうであった。

「やめてっ……近付かんといてっ!!」

間合いを詰めていくと、みくは玩具《おもちゃ》のような手で肉助の胸をポカポカと殴ってきた。

鍛え上げた胸板にはなんの痛痒《つうよう》も感じないが、このまま放っておくとなにかと鬱陶《うっとう》しい。

肉助は近くにあったナワトビのロープを拾い上げると、みくの両手を捻《ひね》り上げ、縛りつけていった。

「ああっ……やめてっ!!」

みくは抵抗したが、女生徒と体育教師では力があまりにも違いすぎる。肉助はあっという間に、彼女の両手を上から吊《つ》り下げた状態で固定していった。

「さてと……楽しませてもらおうか」

肉助は着ていたジャージの上着をゆっくりと脱ぎ捨てた。


「い、痛い……戸黒先生……は、離してください」

「暴れると、ロープが食い込んでよけいに痛いぞ」

「いや……離して、離してーっ」

肉助の忠告を聞かず、みくは必死になって身をよじりながら大きく首を振る。

ショートカットの髪がサラサラと揺れ、透き通るような白い首筋が暗い室内でもはっきりと分かるほどに浮かび上がった。

「旨《うま》そうな首だ……舐めてやろう」

肉助はみくの首筋に顔を寄せ、彼女の頭を押さえながら舌を這《は》わせていった。

「ヒィッ……!!」

唇と舌で愛撫《あいぶ》を繰り返していくと、みくは身体をギクギクと硬直させる。

肉助の舌が通過する度に、薄い皮膚《ひふ》にはくっきりと赤い凌辱《りょうじょく》の跡がついていった。

「せ……先生……こんなことしたら……あかん……よぉ」

「俺はトモミに言われてお前を懲らしめているだけだ。恨むなら、あいつを恨みな」

「トモ……ちゃんを……？」

「こうしないと、俺がトモミに殺されるんでね」

大げさではあるが決して嘘《うそ》ではない。計画書を握られてしまっている以上、生殺与奪を彼女に握られているも同じなのだ。

(もっとも……お前を犯すことに関して、一度も拒否などはしなかったがな)

肉助はわずかに笑みを浮かべながら、みくの首筋を吸い上げた。

「……ああっ、もうやめてっ」

「無駄だ。覚悟を決めな」

抵抗するみくの上着を払《はら》い退《の》けると、その下に着ていたブラウスのボタンを外していく。

「イヤぁ――ッ!!」

引きちぎるようにブラジャーをむしり取ると、みくの小振りな乳房が露出した。

Bカップ……いや、Aカップというところだろうか。最近の女生徒にしては小さいが、ふくよかで弾力のありそうな乳房だ。

「どれ、味見といこうか」

胸に顔を埋めると、みくの心臓の鼓動が伝わってくる。

肉助はそっと手を伸ばすと、緩やかな丘陵を手のひらで優しく包み込んだ。小さいながらも柔らかな感触が伝わってくる。

「ああっ……イヤヤッ、触らんといてッ」

「くくくっ、その小生意気な口を利けないようにしてやるぜ」

いきなり唇を重ね、肉助は肉厚な舌でみくの唇をまさぐった。

「ンぐっ……ングゥゥ……！」

みくは突然襲ってきた息苦しさに呻《うめ》き、顔を背《そむ》けて逃れようとしたが、肉助は強引に顔を寄せると唇を押しつけていく。

舌先を口腔《こうこう》に這わせて縮まっているみくの舌を絡め取ると、唾液《だえき》を乗せてゆっくりと溶かすように嬲《なぶ》る。なめずり合う音が狭い室内を満たしていった。

「くくくっ、キスは初めてか？」

「はぁはぁ……もう、いやぁ！」

肉助が口を離すと、みくは肩で息をしながら声を張り上げた。

「そう言うなって。ここまできたら仲よくしようぜ」

丸々としたみくの唇を再び口に含み、プリプリとしたそれを舌先や歯で弄《もてあそ》ぶ。甘い舌をきつく吸い上げると、たっぷりとした唾液が口の中に溢《あふ》れ出してきた。

「どうだ、初めてのキスの味は？」

「うっ……くっ……」

「一生忘れられない思い出になるな。俺が相手で感動しているんだろう？」

ファーストキスの相手や場所には彼女なりに夢があったのだろうが、冴《さ》えない体育教師に無理やり……しかも、こんな薄汚い場所で奪われるとは思ってもみなかったに違いない。

瞳《ひとみ》を絶望の色に染めたみくは、肉助が問うても呆然《ぼうぜん》と空を見つめているだけで返事をしようとはしなかった。

「さて……では、そろそろ他の所に移るか」

肉助は放心しているみくのスカートを脱がせ、容赦なくショーツを引き裂いていく。

「ああっ！　……イ、イヤヤァァ!!」

ハッと我に返ったみくは慌てて身体をよじらせたが、下半身はすでに露出しており、肉助の視線は薄いヘアや白い太股《ふともも》に注がれていた。

「あああ……」

「どれどれ、濡《ぬ》れているかな？」

みくが抵抗する間もなく、肉助は彼女の秘部へと指を伸ばしていく。股間《こかん》に触れると、じんわりと体温が伝わってきた。

（くくっ……幼い顔をしているくせに、ちゃんと女の身体をしていやがる）

だが、その身体はまだ未熟な上に未開発だ。秘芯《ひしん》に少しだけ指を挿入《そうにゅう》してやると、硬い感触を返してきた。

「せ、先生……お願い……ゆ、許して……お願い……」

「俺もトモミに脅されてやっているって言っただろ。まあ、勘弁してくれや」

「う、うそ……トモちゃんが……こんなことを……」

愕然《がくぜん》とした表情を浮かべるみくを無視して、肉助は彼女の股間に顔を近寄せていった。

むせかえるような少女の香り。スベスベの肌。ヘアの下にある割れ目は、すっと綺麗なラインを描いていた。

「綺麗なピンク色だ、舌でつついてみるか」

ひとりごちて、肉助はゆっくりと舌を伸ばしていく。

「あぅ!!」

途端、ギクリとみくの身体が跳ね上がった。

「どうだ、ここに舌を突っ込んでほしいだろう？」

割れ目を舌でつつきながら尋ねると、みくは大きく首を振った。

「そ、そんなこと……やめてぇ……」

暴れるみくの両足を固定すると、肉助は舌先で割れ目をこじ開けるようにして膣内《ちつない》へと突き進んでいく。

「いやあああぁ‼」

体内に侵入される感覚に、みくは悲鳴を上げた。膣はかなり狭いが、舌を動かし続けていくと少しずつ弛んでくる。肉助は舌を指に代え、みくの内部へと沈めていった。

「あッ……あああッ……」

「くくくっ、どうだ指を入れられた感覚は？」

「んはッ……あぁッ……嫌ァ……やめ………ああっ」

ゆっくりと指を動かしているうちに、内部から滲《にじ》み出してきた愛液が絡みつき、くちゅくちゅといやらしい音を立て始めた。

「ぐちょぐちょだ」

肉助はみくの股間から手を離すと、指に絡みついた愛液を彼女に見えるように舐めてみせる。その様子を見て、みくは頬を赤く染めて力なく首を振った。

「ううっ……もう、嫌や……」

「なにを言っている。これからが本番なんじゃないか」

片手をみくの胸元に伸ばすと、肉助は大きな手のひらで彼女の乳房を鷲掴《わしづか》みにした。

まだ未発達な乳房は、中央にこりこりとしたシコリがある。大きく円を描くように揉み込んでいくと、みくは顔をしかめた。強くすると痛いらしい。

「くくく……柔らけえなぁ。揉んでて気持ちいいぜ」

「んっ……むぅっ……くっ……」

乳房の先端を指で弾《はじ》くように愛撫すると、小さな乳首がぷっくりと顔を覗かせた。

「お前も気持ちいいのか？　乳首が勃《た》ってきたぜ」

「ち、違う……これは……違うんよ……っ」

「嘘をつくな、気持ちいいんだろう？　ほら、もっとしてほしいって言ってみろ」

「……い、嫌です……そ……んなこと」

みくは唇を噛みしめて首を振る。

その断固たる態度が、肉助の嗜虐心《しぎゃくしん》に火をつけた。

「じゃあ、気持ちよくするためには……俺のをぶち込んでやるしかないなぁ」

「そ、そんなことしたら……舌を噛んで死んでやるっ」

みくは気丈にも肉助を睨みつけた。普段のおっとりした姿からは想像できなかったが、なかなか気の強いところがあるらしい。

「ほう……まだ抵抗する気力が残っているようだな」

「と、戸黒先生がこんな人やったなんて……」

「お前が言うことを聞かないのなら、逆にトモミの方を懲らしめてもいいんだぞ」

「……そ、そんな」

無論、今のところそんな気はなかったが、こういう言い方をすればみくの性格からして
イヤとは言えないはずだ。案の定、みくは戸惑ったような表情を浮かべて沈黙している。

「お前のせいで友達がひどい目に遭《あ》わされる……それでも言えないか？」

「…………も、もっと」

「あ？　聞こえないなぁ」

肉助は、みくの乳首を摘《つま》んで軽く捻り上げた。

「うぐっ！　……も、もっと……ウチを……」

「ウチを……どうするんだ？」

「……き、気持ちよく……してくだ……さい……」

瞳に涙を浮かべながら、みくは小さく囁《ささや》くように言った。

トモミのせいでこんな羽目に陥ってしまったというのに、友達思いのみくは、まだ彼女
のことを心配しているようだ。

（くくっ……人のいいことだぜ）

肉助はみくの手首に巻いたロープを外すと、その身体を近くにあった体操用マットの上に放り出した。

「よし、気持ちよくしてやる。……存分にな」

「いやぁ……離して……お願いッ」

身体にまとわりついていた服をすべて脱がせて全裸にすると、みくは近寄って行く肉助を振り払うように身体を揺すった。

「お前がしてくださいって言ったんだぜ」

「そ、それは……」

「おい、これを見ろよ」

肉助は大きく反《そ》り返《かえ》ったモノをみくに見せつけるようにして、腰を前へ突き出した。

「ひっ……」

「男のモノを見るのは初めてだろう。俺のはとてもデカイんだぜ」

「いや……いやぁ……お願いです！　許してくださいっ」

いよいよ犯されると知って、みくは力なく首を振った。

だが、限界まで欲情の高まった肉助に、そんな哀願などが通じるはずもない。

「今日は思う存分、堪能《たんのう》させてもらうからな」

「だ、誰か助けてぇ!!」

覆《おお》い被《かぶ》さっていくと、みくは悲鳴を上げた。

「大声を出したって無駄だ」

肉助は強引にみくの両足を開くと、その間に身体を滑り込ませた。窓からわずかに入ってくる月明かりに、ぬるぬると愛液を滴らせるみくの淫裂《いんれつ》が照らし出される。

「くくくっ、さあ入れるぞ」

「あぁっ……助けてぇぇ!!」

無駄だと知りながらも、さすがにみくの抵抗は激しかった。バタバタと暴れる両足を掴み、肉助は身体を密着させていく。限界まで怒張しているモノを割れ目にあてがうと、みくは恐怖にガクガクと身体を震わせた。

「イヤヤァ……助けて……！　先生……やめてぇぇ!!」

「無駄だと言っただろう。観念しろ」

肉助はグッと腰を押し出していく。先端部分がわずかに潜り込んだだけで、みくは身体を仰け反らせて悲鳴を上げた。

「ああっ……い……痛……あああっ、ママァ!!」

「まだまだ、これからだ」

ぐいぐいとこじ開けるようにして少しずつ押し進んでいく。一気に突いてやってもいいのだが、この苦痛に歪《ゆが》むみくの表情は捨てがたい。処女を散らしていく少女の一部始終を眺められる機会など、そう滅多にあるものではないのだ。

数ミリずつ押し進んでいくと、やがてモノは阻むようななにかにぶつかった。処女膜なのだろう。ここまではゆっくり進んできたが、こればかりは簡単に突破できそうにない。

肉助は尻《しり》の肉を引き締めると、腰に力を入れて一気に押し破った。

「ひ……ひぎっ……いっ!!」

みくの瞳から、ぽろぽろと涙がこぼれ落ちる。

「お前の処女はいただきだ……くふふ」

「い、いやあ……っ……はぁ……っくっ」

やがて根元まで沈み込むと、みくは少しでも痛みを和らげようとするかのように、大きく息を吐き出した。

「んはぁぁ……い、痛いの……お願い……抜いて……」

「ほれ、ちゃんと繋《つな》がってるぜ。見えるか？」

肉助は結合部を起点にみくの腰を持ち上げた。鮮やかなピンク色をしたみくの淫肉が、初めて男のモノを咥《くわ》え込んでピクピクと引きつっているのが見える。

「ああっ……こんなん嘘やっ!!　いやあああーっ!!」

悪夢を振り払うかのように、みくは髪を振り乱して狂乱した。

「お前のアソコが旨そうに俺のを咥《くわ》えてるぜ」

「いやあああっ！　言わないでッ……!!」

「クラスメートたちが見たら、なんて言うかな……くくく」

「嫌ッ……もう……やめてッ……」

肉助はみくの羞恥《しゅうち》に満ちた表情に満足しながら、ゆっくりと腰を動かしていった。

「ああっ!!　痛……痛い……痛いよぉ！　先生……やめてぇ……抜いてぇぇ!!」

破瓜《はか》の痛みに耐えていたみくは、途端に悲鳴を上げる。肉助の太いモノが出入りする度、柔らかな肉壁が捲《めく》り上げられて痛むのだろう。

「俺がお前の中にいるのが分かるか？」

「ひっ……ひぃっ……」

「どうだ、感じるか？　感じるなら感じるって言えよっ」

「いやぁ……いやぁ……」

みくは苦痛に顔を歪め、ぽろぽろと大粒の涙をこぼした。肉助が動く度に、細い身体はガクガクと揺れ動き、まるで軋《きし》んだ音を立てるかのようだ。

（くうっ……最高だな……）

膣内は柔らかくて弾力があり、肉助のモノにしっとりと吸いついてくるかのようだ。そのグイグイと締めつけてくる肉壁の感覚に、肉助はあっという間に絶頂に昇りつめる。

「さあ……フィニッシュだ。お前の膣にたっぷりと出してやるからな」

「ああっ、そんな……やめ……て……やめてぇ……」

涙で頬を濡らしたみくは、譫言《うわごと》のように同じ言葉を繰り返す。

「……くっ、イクぞっ」

射精するために大きく内部を往復する肉助のモノに、みくは全身を震わせた。肉助は彼女の細いウエストを抱え込んで、とどめとばかりに根元まで突き上げ、射精した。

ありったけの欲望が熱い奔流となってみくの膣内で迸《ほとばし》り、子宮に当たって砕け散る。

「あっ……あああっ……んあああああっ!!」

大量の精を膣内にまき散らされ、みくは悲鳴を上げながら身体を震わせた。


トモミの目的はみくを辱《はずかし》めることであったが、肉助にとって彼女の処女を奪ったのは単なる手始めの行為に過ぎない。

むしろ、これからが本番である。

そう……みくを「調教」して、闇の新体操の選手として育て上げなければならないのだ。

翌日——。

肉助が成果を報告すると、トモミはみくを強姦《ごうかん》したという証拠を欲しがった。

だが、そんなものをくれてやる必要もないし、下手《へた》をすればそれがまた脅迫される材料になりかねない。それに、みくに下手なちょっかいを出されても困る。

口頭で告げただけに留めると、トモミは不満そうな顔をしたがそれでもある程度溜飲《りゅういん》は下げたらしい。それ以上はしつこく追及してこなかった。

(さて、問題はこれからどう調教していくかだが……)

そんなことを考えながら廊下を歩いていた肉助は、反対側から歩いてくるみくの姿を見つけ、辺りに他の女生徒がいないことを確認して近付いていった。

昨日、あれだけ凌辱したのだ。

くるかどうか心配だったが、ちゃんと登校してきているようだ。

「よう羽丘、元気か?」

「……な……」

肉助の顔を見た途端、みくの顔からみるみる血の気が失われていく。

「……と、戸黒……先生……」

「今日はちゃんと起きれたか?」

「す……すいません……、あ、あの……急いでますから……」

顔を伏せ、急いで通り過ぎようとするみくを、肉助は慌てて止めた。

「……昨日のことは誰にも言ってないだろうな?」

「い、言うわけないです……」

みくは否定するように大きく首を振る。

「あんなこと……誰かに知られたら……あの……ウチ……」

「困るだろう？　だったら俺の言うことを素直に聞け。なに……悪いようにはしねぇ。ちょっと協力してほしいことがあるんだ」

「……協力？」

肉助の申し出に、みくは怪訝《けげん》な表情を浮かべた。

「心配するな、お前にとって悪いことじゃない。……今日の放課後から、お前と新体操の特訓をしようと思うんだ」

「新体操の？」

わけが分からない……という顔でみくは首を傾《かし》げた。

無理はない。あれだけひどく凌辱された後に、いきなり新体操の練習をしようと言われれば、奇妙に思うのはあたりまえだろう。

「闇の……だがな。まあ、詳しいことは今日の放課後にでも話すとして……」

肉助はみくに顔を寄せ、囁くように言う。

「逃げたりしたら、どうなるか分かっているだろうな？」

「…………………」

みくは顔を強張《こわば》らせ、こくりと小さく頷いた。

（この様子なら、しばらくは大丈夫だな）

肉助はそう判断した。その先は、調教していく段階で女の悦《よろこ》びを身体の髄まで覚えさせてやればいいのだ。そうすれば徐々に彼女も素直に従うようになるに違いないのだから。


その日の放課後。

クラブ活動も終わり、人気のなくなった体育館内にみくがひとりぽつんと佇《たたず》んでいた。ちゃんと約束通りに肉助がくるのを待っていたらしい。レオタード姿のみくは、入ってきた肉助を見て不安そうな表情を浮かべる。

「誰にも不審に思われなかっただろうな？」

肉助が問うと、みくは小さくこくんと頷いた。

もともと正規の活動を終えた後も、みくが居残って練習を続けるのはよくあったことだ。部員たちが怪しむことはまずないとみていいだろう。

「よし、では練習を始めようか」

「あの……闇の新体操って、なんなん？」

恐る恐るという感じでみくが訊いてきた。

新体操自体は普段からやっていることなので理解できるが、そこに「闇」という文字がつくだけに、あまりよい印象は受けないようだ。

「簡単に言えば、淫具を用いて少女の美を競う淫《みだ》らな競技だ」

「な……」

あっさりと言い放った肉助の言葉に、みくは絶句した。

「今日からの特訓の目的は『淫らな心の育成』だ。まず……闇の新体操においては、多種多様なフォームが要求される」

「は……はい」

みくは反射的に返事をしたが、肉助の言葉の意味を理解していたわけではない。

これから自分がどんな目に遭うのかを知っていれば、間違いなく素直に頷くことなどできなかっただろう。

「男は女性の無理に曲げられた肉体や、歪んだ姿勢に欲情……いや、感動するものなのだ。まず床に俯《うつぶ》せになり、足を大きく開いてみろ」

「えっ……」

「早くするんだっ！」

「あっ……は、はい……っ」

肉助が怒鳴りつけると、みくは慌てて床に座って開脚ポーズを取った。さすがに期待されるだけあって、身体はかなり柔らかいようだ。

「そのまま姿勢を崩すんじゃないぞ」

「は、はい……」

みくが頷くのを確認すると、肉助は彼女の背後にまわり込み、いきなり背中のジッパーを引き下ろした。

「キャアアッ！　な、なにを……」

「やはり、お前はまだまだ分かっとらんようだなぁ」

肌に密着したレオタードを剥《む》くように、肉助はみくの上半身を露《あら》わにする。みくは慌てて露出した胸を隠そうとしたが、肉助はそれを許さずに、背後から彼女の身体を床に押しつけていった。つぶらな双丘が冷たい床に押しつぶされる。

「闇の新体操には、乱れた着衣こそ相応《ふさわ》しいんだ」

「やっ……やめて……と、戸黒先生……あっ……」

「これは大事な修練、特訓なんだぞ」

そう言いながら、肉助は足を開いたままのみくの腰を持ち上げ、ヒップのなだらかな曲線とふくよかな骨格を幾度も撫《な》でていった。

「あっ！　あああっ……せ、先生……そんなとこ……」

「マッサージだよ、みくの綺麗なボディラインが歪んだら大変だろう」

肉助はゆっくりと尻を撫で上げた後、股間の大事な部分を覆う布を指で横にずらし、みくの秘裂を露出させた。

「キャアァッ!!」

「くくっ、可愛いアソコが丸見えだ」

「いやっ……恥ずかしい……せ、先生……」

「肉壁がヒクヒクしているぜ」

「いやあああっ」

秘裂に指を這わせ、割れ目に沿って何度もなぞり上げる。それだけで指先にじわりと熱いものが絡みついてきた。

（おやおや、まだ処女を失ったばかりだというのにな）

一度経験しただけで、随分と感じやすい身体になってしまったようだ。

「どうだ、感じるんだろう?」

「あっ……あっ……ああっ……」

みくは質問に答えようとはしなかったが、わずかに鼻にかかった甘い声が肉助の言葉を肯定していた。すでに肉助の指は、はっきり愛液と分かるほどの蜜《みつ》でべっとりである。

「そうか、もっとやってほしいんだな?」

「ううっ……そ、そんなぁ……」

みくはいやいやと首を振りながら身体を揺すったが、それはもっと強い刺激が欲しいとおねだりをしているようにも見えた。

「くくっ、こんなに濡れて……この音が聞こえるか？」

肉助の指が淫裂の中に潜り込んで出入りを始めると、ぐちょぐちょといやらしい音が広い館内に響き渡った。

「いやぁ……先生……か、堪忍して……」

身体に広がりつつある快楽と羞恥心の狭間で、みくは自分の感情が理解できないかのように声を震わせた。

「涙なんか浮かべて……可愛いねぇ」

肉厚な包皮に包まれたクリトリスを露出させ、指でつつくように刺激してやる。

「キャアアッ!!」

今まで以上の強烈な感覚に、みくはギクギクと身体を揺らして悲鳴を上げた。

（まだまだ……本当の快楽を覚えるのはこれからだ）

肉助は穿《は》いていたジャージを下着ごと脱ぎ捨てると、すでに天を仰ぐように屹立《きつりつ》しているモノを背後からみくの淫裂に押し当てた。

「みく、これがなんだか分かるか？」

「あっ……」

ビクンとみくは身体を硬直させた。つい昨日、自分の処女を奪ったモノを忘れるはずもないだろう。再び犯される恐怖に、彼女は全身の肌を粟立《あわだ》たせる。

「これを入れた状態で、今の姿勢をそのままキープするんだぞ」

「うっ……やっ……やめ……イヤァァ！」

みくが拒否する言葉を口にする前に、肉助は肉棒を彼女の膣内に沈めていった。

「い、いやぁ……い、痛い……あああっ……やだよぉ」

さすがに新体操で鍛えられた身体だけのことはある。無理な体勢であるにもかかわらず、みくは柔軟なバネのように肉助を受け止めた。

「くっ……まだキツイがいい締めつけだ」

肉棒を根元まで埋め込むと、柔らかい秘肉が一斉に絡みついてくる。目が眩《くら》むような気持ちよさに促され、肉助はすぐさま動き始めた。

「んっ……いっ……痛い……ああっ……も、もう……」

まだ二回目なので、すぐに快感を得るというわけにはいかないようだ。みくは苦痛に耐えるように、両手を白くなるほど握りしめる。

「痛いと言いながら、お前のアソコはギュウギュウ俺にまとわりついてくるぜ」

「そ……ん……なぁ……」

「さあ……華麗に舞い、踊ってみせろっ」

肉助はみくの腰を両手で掴むと、リズムをつけるように大きく抽挿《ちゅうそう》を始めた。肉棒と肉壁が擦《こす》れ合《あ》う卑猥《ひわい》な音が響き、みくの身体はその音に合わせてガクガクと揺れた。

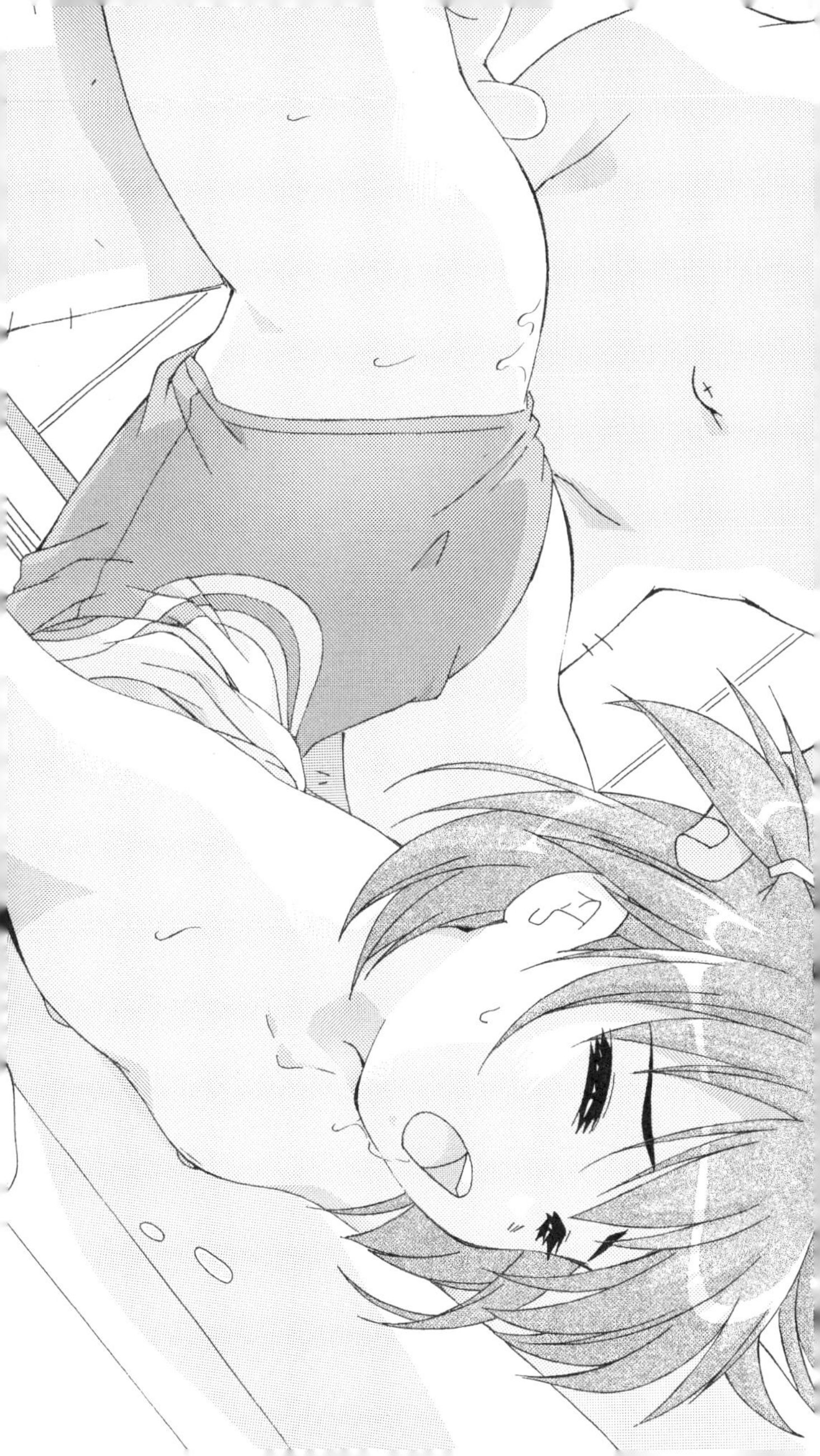

「あっ……あっ……あああっ……こ、こんな……あああっ!!」

「これしきのことで音を上げていたら、とても大会で優勝などできんぞ」

「あああっ……!!」

肉助が繰り出す肉棒の動きに翻弄《ほんろう》され、みくは絶叫を上げる。

それが単なる痛みによるものでなくなった時、彼女は本当の意味で闇の新体操の選手として目覚めることができるだろう。

(それまで、たっぷりと教えてやるぜ)

肉助は腰の動きを速めていきながら、背中を仰け反らせるみくをにんまりと見つめた。

今日はまだ柔軟体操程度に留めているが、淫具を使った練習はこれからだ。数多い淫具のうち、どれを使えばみくの魅力を引き出すことができるのか……。

先のことを考えると、膣内を往復する肉棒がさらに怒張していく気がした。

「いやぁ……も、もう……やめてっ……!!」

「よしっ、たっぷりと流し込んでやるぜ」

高く掲げられたみくの尻を抱え込むと、肉助はその膣内に白濁の精を叩《たた》きつけた。

第二章　ユウ

学園内での肉助の評判は最低と言ってもよい。

自分ではそれほど欲望を全開にした発言や行動をしているつもりはないのだが、思春期の少女たちはその手のことに関して敏感になるものらしい。

結果として、肉助が嫌われる理由の第一は「スケベである」ということになっていた。

（まあ、間違っているとは言わないがな）

肉助に言わせれば、十代の少女に囲まれた環境にいる男が、女生徒に対して情欲を感じない方がおかしいのだ。

問題は、その情欲をいかにして隠すかということである。

その点において、肉助は不器用であると言わざるを得なかったし、また表面に表れない部分では理性を維持しようとも思わなかった。

人気のなくなった部室に忍び込んで、女生徒たちの私物を物色したことは何度もある。

ブルマーやレオタードは自慰に使った。更衣室を覗《のぞ》いた回数は数え切れないほどだ。

もちろん、それらは露見しないようにすべて慎重に慎重を重ねて行ってきた。

いくらフラストレーション発散のためとはいえ、職や社会的地位と引き替えにするつもりはない。肉助はそこまで分別のない男ではなかった。

だが、トモミに命じられてみくを犯して以来、どこかタガが外れてしまったようだ。

想像していたよりも簡単に女生徒をモノにすることができたせいかもしれない。

バレてもトモミ――白河理事長のバックアップを期待できるという安心感もあったが、それ以上に、自分のテクニックで少女を虜《とりこ》にする自信が持てたからだろう。

肉助の行動は以前よりも大胆になった。

みくの調教は放課後だけではなく、昼間……それもあらゆる場所で行うようになったし、更衣室や部室を徘徊《はいかい》する回数も増えてきた。

みくの他《ほか》に闇《やみ》の新体操選手を捜すのが目的だが、言い換えれば彼女ひとりだけでは物足りなくなってきたのである。


そんなある日――。

放課後、校舎内にある更衣室の前を通りかかった肉助は、いつものように辺りに人気がないことを確認して、そっと室内の様子を窺《うかが》った。

中からはシャワーを使用する音が聞こえてくる。

音の数からしてひとり……もしくはふたり程度だ。他に会話が聞こえてこないところをみると、更衣室にいるのはごく少数に違いない。

（くくっ……チャンスだな）

室内に多人数がいれば、それだけ発見されてしまう可能性が高まる。逆にひとりだけならかえって警戒しているものだ。その点、二、三人程度なら手頃《てごろ》な数といえるだろう。

肉助は更衣室のドアに近付くと、隙間《すきま》からそっと中を覗こうとした。外にまわれば窓もあるが、かなり高い位置にあるので角度が悪く、なにも見えないのだ。

（さてと……誰《だれ》がいるんだ？）

期待に胸を膨らませてドアの隙間に顔を押し当てようとした途端。

バシャーッ!!

勢いよくドアが開くと同時に、大量の水が肉助を襲った。

あまりにも突然のことで、肉助はなにが起こったのか咄嗟《とっさ》に理解できなかった。

「この変態教師っ!!」

目の前に、憤怒《ふんぬ》の表情を浮かべた水着姿の女生徒がいることに気付く。肉助は彼女がバケツを手にしているのを見て、初めて水を掛けられたのだと知った。

「ぬ……お前は……」

肉助は改めて目の前の女生徒を見た。

（確か、相沢《あいざわ》ユウ……だったな）

みくと同様、肉助は以前からこの少女に目をつけていた。

少しばかり男っぽいところもあるが、なかなかの美少女で、おまけに新体操部の部員だ。

闇の新体操部の部員としては相応《ふさわ》しい素質を持っているはずだ。

「お、俺《おれ》のどこが変態なんだ!?」

「全部に決まってるだろ」

「はぁ？」

「ドアにへばりついて更衣室を覗いている人間が、変態じゃないとでも言うつもりですか……戸黒先生？」


ユウは口調を変え、冷めた目で肉助を見つめてきた。

「そ、それは……相沢の誤解だ」

「じゃあ、こんなところでなにをしているんでしょ？」

ユウは手にしていたバケツを振りまわし、肉助の頭を殴りつけた。

たいした痛みはなかったが、スパコーン!!と派手な音が鳴る。

「ぐぐっ……あ、相沢ッ、教師を殴ってただで済むと思うのか？」

「そんなことより、わたしの質問に答えてよ」

「そ、掃除のチェックに決まっているだろうがっ」

「ふうん……」

ユウは疑わしそうに目を細めたが、それ以上の言及はしなかった。体育教師である肉助がすべての運動施設を管理し、点検をすることを知っているのだろう。

「それよりも、問題は俺を殴ったということだろうがっ。教師に手を上げたんだ。停学か……最悪の場合は退学もありうると思えっ」

「あっ……」

肉助の言葉に、ユウは初めて「しまった」という表情を浮かべた。

調子に乗ってやりすぎてしまったようだ。確かに肉助は疑わしい行動を取ったが、覗いていたという確たる証拠があるわけでもない。

掃除の点検をするつもりだった、と肉助が主張すればそれまでである。

（くくっ……随分としおらしくなりやがったな）

威勢のいいユウも、さすがにこういったことには弱いようだ。これを機会に、なんとか彼女を闇の新体操部に入れることができないだろうか……と肉助は考えた。

だが……。

「で、でも……その戸黒先生の目を見れば、覗きが目的だったことは明らかでしょ！」

「……本当に失礼な奴《やつ》だな」

「戸黒先生にそんなこと言われるとは思わなかったわ」

「むむっ……反省してないようだな。やはり退学か」

「なんでわたしが退学しなきゃならないのさ」

ユウは開き直ったように言い放った。

「おまえ……俺を殴っただろうがっ」

「だって、先生が殴られるようなことをしたんでしょ」

どうあっても、肉助が覗きをしていたと言い張るつもりのようだ。

もちろん事実ではあるが、それを認めるわけにはいかない。

「俺がナニをしたって？」

「更衣室を覗いていた」

「掃除のチェックだと言ってるだろう」

「ふ〜ん、変わったチェックの仕方だね。ドアの前にうずくまってさ」

「うっ……」

このままではシャレではなく水掛け論になってしまう。肉助が、どうやって有利な状況に持ち込んでやろうかと考えた時。

「ふんっ……誤解されるようなことをしないでよねっ」

ユウはそう言い残すと、廊下に転がったバケツを手にして更衣室の中へと引き上げた。

徹底的に追及してくるかと思ったのだが、どうやら肉助を殴ってしまったという負い目があるので、ここは痛み分けで話を終えようということなのだろう。

（チッ……暴力女め……）

これ以上騒ぎを大きくしても意味はない。仕方なく肉助も引き下がることにしたが、心の中ではある決意を固めていた。

（絶対にあいつを闇の新体操の選手にしてやるっ）

具体的に策があるわけではなかったが、このままにしておくつもりはない。

（なんとか屈服させる手段はないだろうか……）

肉助は歯軋《はぎし》りしながらそう思ったが、その機会は意外に早く訪れることになった。


翌日の体育の授業中。

この季節の授業は水泳になるのが普通だが、女生徒の数に対して学園のプールは容量が小さい。それでプールを使用できる曜日は各クラスごとに決められているのだ。

この日、肉助が担当する授業はグラウンドを使用する順番であった。

（このクソ暑いのに、やってられるかってんだ）

いつものように適当に出席をとった後、肉助は合同授業なのでクラスごとに分かれてサッカーをさせていた。

……事件はその時に起こった。

それまで授業中の唯一の楽しみであるブルマー鑑賞をしていた肉助の元に、何人かの女生徒たちがなにかを喚《わめ》きながら駆け寄ってきたのだ。

「なんだ!?　なにを騒いでいる？」

「白河さんと相沢さんが……」

「なに……？」

女生徒たちの指さす方を見ると、いつのまにやらプレイは中断している。フィールド上ではトモミとユウが激しく口論しているようだ。

(そうか……今日はトモミのクラスと、ユウのクラスの合同だったな)

お互いに勝ち気な性格なので、なにやら揉《も》め事《ごと》を起こしてしまったらしい。

「チッ……」

面倒だが教師として放《ほう》っておくわけにもいかないだろう。肉助は仕方なく、多くの女生徒たちが集まっている場所へ向けて歩いていった。

「今のプレイのどこが反則だって言うのさっ!?」

「あたしが反則って言うんだから、反則に決まってるでしょう」

口論はかなり白熱しているようだ。

肉助はまわりの女生徒を掻《か》き分けるようにしてふたりの前に立つ。

「お前ら、なにをやっているんだっ」

一喝《いっかつ》しながら仲裁に入ると、ふたりは同時に肉助を見た。

「あら、たまにはいいタイミングで現れるのね」

トモミはにやりと笑うと、

「アンタも見てたでしょ?」

と、肉助に詰め寄った。

「なにをだ？　だいたい、なにをギャーギャー喚いているんだ？」

「この女が、わたしのプレイが反則だってイチャモンつけるんだよ」

ユウが溜《た》め息《いき》をつきながら言う。

その言葉を聞いたトモミは、キッとユウを睨《にら》みつけた。

「誰がどう見たって反則よ」

「ただ負けたくないだけだろ」

「ち、違うわよっ」

「分かった分かった……」

放っておくと、延々と喧嘩《けんか》をしていそうだ。

それはそれで面白いかもしれないが、このままでは他の女生徒たちまで騒ぎ出すだろう。

「今のはカウントせずに、もういちどやり直せ」

「えーっ」

ユウは不満げな表情を浮かべたが、そのプレイを見ていない以上はどちらに加担することもできない。トモミも自分の味方をしない肉助に苛立《いらだ》った様子を見せたが、それ以上はなにも言わなかった。

「ま、どうせ私《わたし》たちの勝ちは変わらないからいいけどね」

「なんですって」

ユウの言葉に、トモミは再び眉《まゆ》を吊《つ》り上げる。

「だって……時間も残り少ないのに、十点差をどうやってひっくり返すのさ」

「くっ……」

トモミは悔しそうに唇を噛《か》んだが、なにも言い返すことはできなかったようだ。

授業終了まで、後五分しかないのだから……。


「肉ぅ！　アンタどういうつもりよっ⁉」

授業が終了すると同時に体育教官室に駆け込んできたトモミは、そう言って肉助の座る席の椅子《いす》を蹴飛《けと》ばした。

「なんだ……なんのことだ？」

「アンタのせいで負けちゃったじゃない」

トモミの言っているのは先ほどのサッカーの試合のことだろう。

性格からしてあのまま黙っているとは思わなかったが、その怒りの矛先《ほこさき》はユウから文句の言いやすい肉助に向けられたようだ。

(負けるもなにも、十対○ではどうしようもないじゃねえか)

肉助はそう思うのだが、この自己中心的なお嬢様《じょうさま》にはなにを言っても無駄のようだ。

「んなこと言われてもなぁ……俺にどうしろっていうんだ？」

「リベンジよ」

当然という顔をしてトモミは胸を張った。たかが授業中のゲームに負けただけで、これほど執念深く相手を憎めるとは、ある意味すごい少女なのかもしれない。

「リベンジねぇ」

「もう一回勝負するのよ、あの運動バカと」

再戦しても勝てるとは限らないのだが、そんなことは欠片《かけら》も考えていないらしい。

一方的な復讐心《ふくしゅうしん》に燃えるトモミにはうんざりだったが、せめて同意するふりだけでもしなければ、また例の計画書の話を持ち出してくるのは明白だ。

「それで……なんで勝負するんだ？」

「あたしはそんなことしないわよ。アンタがあたしの代わりにリベンジするの」

質問した肉助に、トモミはあっさりと言った。

「どうして俺が？」

「あたしは理事長の孫なのよっ」

高らかに宣言するトモミに肉助は溜め息をついた。

（またこれか……）

弱味を握った肉助を使って、自分の気に入らない者はすべて排除する気らしい。

「目には目よ……。舞台はあたしがセッティングするから、いいわね？」

勝手なことを一方的に言うと、トモミは大股《おおまた》で部屋を出ていった。

翌日——水泳の授業を終えた直後。

トモミは宣言通り、ユウと勝負するための舞台を整えたと肉助に耳打ちした。

（やれやれ……厄介なお嬢さんだ）

元々これはトモミとユウの問題であって、肉助は関係のない話なのだ。なので、あまり乗り気ではなかったが、従わなければまたうるさいだろう。

（まあ、あいつにリベンジするのも悪くはないがな）

肉助もユウには散々な目に遭《あ》わされているのだし、彼女を闇の新体操の選手の一員に加えるために、この機を利用するのもいい。

（ここはお嬢様の話に乗ってみるか……）

そう考えた肉助は、他の女生徒が着替えを終える頃を見計らって、トモミに指定された通りに更衣室へと向かった。そこでユウがひとりで待っている手筈《てはず》になっているようだ。

更衣室に入ると、すでに次の授業の開始を知らせるチャイムが鳴ったにもかかわらず、ユウは水着のまま着替えもせずにちゃんと肉助を待っていた。

「アンタが白河の代わりとはねぇ」

「こっちにも色々と都合があるんだよ」

まさか脅かされているとも言えず、肉助は憮然《ぶぜん》と答える。

「で、勝負ってのは？」

「これでしょ」

ユウは更衣室の床に置かれたチェーンを顎《あご》で示した。どうやって用意したのか、両端に手錠《てじょう》がついた特殊なものだ。これでチェーンデスマッチをやれということらしい。

（……なにを考えているのやら）

肉助は呆《あき》れたように、かなり重量のあるチェーンを持ち上げた。

『肉があの運動バカに勝てるとしたらパワーしかないでしょ』

トモミはそう言っていたが、まさかこんなことをさせられるとは思いもしなかった。

「あのさ、勝負なんだけど……今からじゃなくて放課後にしない？」

「あん？」

「わたし、授業があるんだけど……」

ユウは落ち着かない様子で壁に掛かっている時計を見上げた。すでに授業が始まって数分が経《た》つ。真面目《まじめ》な彼女としては、授業をサボル気にはなれないのだろう。

「ほほうぅ……逃げる気か。だったら、不戦勝で俺の勝ちだな」

「だ、誰もやらないなんて言ってないだろうっ」

肉助が挑発すると、ユウはすぐに負けん気を見せた。あくまで勝ち気な娘のようだが、かえってこういう性格の方が扱いやすい。

「やればいいんだろっ……けど、勝者にはなにか特典があるんだろうね？」

「当然ではないか。負けた方は勝った方の言うことを聞くのだ」

トモミとの話ではそんな取り決めなどなかったが、どうせ勝負などユウを犯すための口実でしかないのだ。それに力勝負で肉助が負けるはずなどなかった。

「お約束だねぇ……どんなこともＯＫ？」

「あたりまえじゃねーか」

「今の言葉忘れないでよね」

どうやら、ユウは肉助に勝つつもりでいるらしい。

（身のほど知らずのガキめ……）

もっともこれで予定通りだ。肉助はチェーンの端についた手錠を自らの左腕に掛けると、片方をユウに放って渡した。彼女も同じように手錠をつける。

準備はこれで終わり。後は勝負をするだけだ。

「さあ、かかってこい」

気丈にもユウはそう言って腰を落とし、肉助を迎え撃つ姿勢を取った。

（……なにを偉そうに）

これではまるで、肉助の方が挑戦者のようだ。

（まあ、そんなことを言っていられるのも今のうちだけだがな）

さて……どう料理して屈服させてやろうかと考えていた肉助に向け、ユウは「えいっ」という掛け声と共に先制のミドルキックを放ってきた。結構スピードはあるが、所詮《しょせん》は女の子の蹴りだ。簡単にかわせると思ったのだが……。

「うがっ」

ユウのミドルキックはまともに肉助の腹を直撃した。チェーンが思ったよりも邪魔で、うまくさばけないのだ。

「あれぇ、先生は攻撃してこないの？」

「うむむ……」

攻撃したいところだが、下手《へた》に手を出して怪我《けが》をさせるわけにもいかない。なんといっても、ユウは大事な選手候補なのだ。

「そっちがこないなら、こっちから行くよ」

肉助が反撃しないことを知ると、ユウは次々とキックやパンチを放ってくる。やはり力がないだけにそれほどのダメージは受けないが、それでも痛いことには変わりはない。

「むう……意外としつこいな」

「無抵抗の者を攻撃して良心が痛まんのか？」

「なに言ってるのさ、そっちが勝負を仕掛けてきたんだろ？」

……確かにその通りだが、肉助としても好きこのんでこんなことをしているわけではないのだ。やはり、勝負などというまどろっこしいことは性に合わない。

（チッ……こうなったら、それこそ力尽《ちからず》くで……）

肉助が覚悟を決めると同時に、ユウが大きく足を振り上げてキックを放ってきた。片足立ちで不安定になったところを見計らって、肉助は彼女の下半身に向けてタックルした。

「あうっ‼　……な、なにすんのさっ」

床に転がったユウに、肉助はすかさず覆《おお》い被《かぶ》さっていく。押し倒してしまえば、後は肉助の独壇場だ。ピッタリと身体《からだ》を密着させれば破壊力のある攻撃を受けることもない。

「は、離れろーっ」

肉助を押《お》し退《の》けようとジタバタと暴れているうちに、ユウの水着が徐々にはだけていく。白い肩が露出し、やがてそれは胸の辺りにまで及んだ。

「ほほう……結構柔らかい肌じゃねえか」

剥《む》き出《だ》しになった肌に手を這《は》わせると、温かくてスベスベとした感触がかえってくる。

「わあっ、どさくさに紛れて変なとこ触るなっ」

ユウは頬《ほお》を赤く染めて声を上げたが、肉助の目的がそれ自体にあると気付いてない。

（もう、犯《や》ってしまっても構わないだろう）

肉助は彼女に答えず、そのまま水着を引き下ろして乳房を露出させた。

「いやっ……な、なにを……」

「まだまだ未熟な胸だな……Ａカップか？」

みくよりも小振りだろうか。真上から見ると膨らみが分からない程度しかない。

それでも手を伸ばして掴《つか》み上げると、手のひらの中で乳房はタプタプと揺れた。

「あっ……ちょっと、いい加減に……っ」

「おおっ、貧乳のくせに柔らけぇ」

肉助はユウの上に馬乗りになると、乳房を揉む手を弛めずに彼女の胸に顔を寄せた。

「ひ、貧乳って言うな……あんっ‼」

小さいながらもちゃんと感じるらしい。舌を伸ばして乳首を舐《な》めてやると、ユウは鼻にかかったような声を上げて身体の動きを止めた。

「くくくっ……凶暴女のくせに、色っぺー声を出すじゃないか」

「やめっ……先生ってば……」

「やめられんな。これも勝負のうちだ」

「そ、そんなの聞いてないよっ」

ユウは非難の声を上げたが、肉助にとっては予定の行動だ。乳房を下からすくうようにして揉み上げ、少しずつ頭をもたげ始めた乳首を指でグリグリと刺激する。

「はあっ……や、やめてってば……わたし……こんなことするつもりじゃ……」

「じゃあ、どうするつもりだったんだ？」

「決まってるでしょ、先生をボコボコに……」

「それは残念だったな」

肉助はユウの言葉を鼻で笑い飛ばした。

教師に暴行を働こうとするとは……そんな女生徒に遠慮など無用だ。肉助はユウの胸をまさぐる手に力を込め、愛撫《あいぶ》を激しいものへと変化させていった。


「んあっ……へ、変なとこ触るなぁ」

「変なとことは？」

「そ、それは……む、胸とか……」

「ほう……だが、別に変なとこじゃないぞ」

肉助はそう言って、指で硬くなった乳首を弾《はじ》いてやった。

「……くっ！」

ユウは苦痛とも快感ともいえる刺激に眉根を寄せた。

最初の硬さが抜けて、かなり愛撫にも反応するようになり始めている。そろそろ下の方も濡《ぬ》れているはずだと考えた肉助は、まだ下半身を覆っている水着の隙間から指を入れ、彼女の大事な部分をまさぐった。

「うわわっ!!　なにすんのさっ」

「なんだよ、まだ濡れてないのか」

「そ、そんなの……あたりまえだろっ」

顔を赤くしたまま、ユウは侵入してきた肉助の指を排除しようと腰を揺らした。

「相沢……お前、不感症じゃないだろうな？」

闇の新体操選手が不感症では不味《まず》い。そんな者に演技などできるはずがないからだ。

「これは早急に治療を施さねばならないな」

「あ……な、なにを……!?」

肉助はユウの身体をくるりと回転させて俯《うつぶ》せの状態にすると、尻《しり》の方から身体に残っていた水着をぺろりと捲《めく》って引き下ろした。

「いやああっ……うっ!?　あああああっ……!!」

間髪を入れずにユウの股間《こかん》に唇を押しつけ、淫裂《いんれつ》に沿って舌を這わせる。チロチロと舌を動かす度に、ユウはガクガクと身体を揺らした。

「な、なにを……して……あああっ!!」

「なにって……お前の下の口を舐めているんじゃないか。やられてて分からないのか？」

「そ、そんなことは……分かってるよっ！」

「くくっ、そこまでひどい不感症かと心配したぞ」

肉助はニヤリと笑うと、再びユウの淫裂に舌を差し込んだ。ペチャペチャと音を立てながら、淡いピンク色の秘裂を丹念に舐め上げていく。

「あぁっ……そ、そんなところを舐めないでよぉ……んはぁ」

ユウは普段からは想像もできないほどのか細い声で哀願する。

だからといってやめるつもりなど毛頭ない。肉助は返事をする代わりに、彼女のクリトリスに指を伸ばし、包皮の上から撫《な》でまわした。

途端、電気に打たれたようにユウの身体が跳ね上がった。

「あああっ！　な、なにをしたの……」

「なんだ……クリトリスを自分で触ったことがないのか？」

「な、なんでわたしがそんなことをしなきゃならないのよ」

どうやらユウはオナニーには興味がないようだ。

もっとも、女性は自慰を経験する者がかなり少ないらしい。自分でも触ったことがなければ、感じにくいのもあたりまえである。

(それにしても、少し刺激してやっただけですぐに反応を示すとはな)

実に素晴らしい素材というべきだろう。

やはり俺の目に狂いはなかった……と満足しながら、肉助はジャージの下を脱ぎ捨てた。

「お前は不感症ではなかったようだ。よかったな」

「わ、わたし……そんなんじゃ……」

「照れなくてもいいぞ。もっと感じさせてやるからな」

すでにユウの股間は溢《あふ》れてきた愛液でベトベトになっている。肉助はすでに屹立《きつりつ》したモノを取り出すと、彼女の割れ目に押し当て挿入《そうにゅう》の体勢を取った。

「あっ……ち、ちょっと……な、なに!?」

「なにって……入れるところさ」

「なっ……」

信じられない言葉を聞くかのように、ユウは目を大きく見開いた。

「ちゃんと保健の授業で教えてやっただろうが。男性器を女性器に挿入して……」

「いやあぁ……そんなっ……」

ユウは四つん這いの格好のまま逃げだそうとしたが、肉助とチェーンで繋《つな》がれたままであるために、どうやっても逃れる術《すべ》はなかった。

暴れるユウの腰を捕まえると、肉助はのしかかるようにして、肉棒で彼女の秘肉を押し開いた。ヌチャッという音と共に、秘裂の中にモノの先端が侵入していく。異物の侵入を拒むかのようなきつい締めつけと熱い体温が肉助を刺激する。

「やぁあっ……やめてぇぇ」

「やめるわけないだろう。……お前、初めてか？」

「あ、あたりまえだろっ!!」

肉助の問いに、ユウは頬を染めて叫ぶ。

「大丈夫だ。痛いのは初めだけだからな」

「大丈夫じゃないっ！　このセクハラ教師めっ！　変態っ！　鬼畜（きちく）っ！」

次々と罵声《ばせい》を浴びせてくるユウに手加減などする必要はない。肉助はそのまま挿入を続けた。ゆっくりと腰を押し出し、少しずつ秘孔《ひこう》を広げるように前進していく。

「はああっ……ぬ、抜いてよ……な、なんか気持ち悪い……」

「キモチイイの間違いじゃないのか？」

「んんっ……お願いだから……はっ、あああっ!!」

ユウの哀願が涙声に変わった時、肉助のモノは彼女の処女膜を突き破って、ずるりと沈み込んだ。肉棒は根元まで蜜壺《みつつぼ》の中に埋没し、達成感と快楽が同時に押し寄せてくる。

結合部に目を向けると、そこから滴った破瓜《はか》のしるしが床を赤く染めていた。

「うっ……い、痛いよ……抜いて……」

「俺も蹴られて痛かったぞ」

「ううっ……あ、謝るから……お願い……」

痛みのためか、ユウははあはあと荒い息を吐きながら言う。

「この勝負は俺の勝ちだな？　お前は俺の言いなりってわけだ」

「変態っ！　鬼畜《きちく》っ！」

「う、うん……それでいいから。……だから……早く……」

「じゃあ、このまま続けるぜ」

誰が勝者で誰が敗者なのかをしっかりと教えてやる必要がある。

でなければ、これからの調教に支障をきたすおそれがあるのだ。自分が肉助に屈服し、その虜となったことを身体に教えこんでやらなければならない。

「あっ……いやっ……う、動かないで……っ」

「動いた方が気持ちいいんだから、しょうがねえだろっ」

ばすんばすんと肉と肉がぶつかり合う音が響く。

(いいねぇ……この音。まさに肉弾戦ってやつだぜ、くくくっ……)

ユウの細い腰をがっしりと掴んで揺さぶり、肉助は彼女の胎内——子宮に最も近い位置で大量の精を放った。


みくの時と同様に、トモミにはユウにリベンジを果たしたという報告だけはしたが、その証拠となるようなものを渡すつもりはなかった。

ユウを辱《はずかし》めたという事実さえあればいいだろう。

(後は……俺が楽しむ番なんだからな、くくくっ)

闇の新体操ふたりめの選手を手に入れた肉助は、その調教計画に余念がなかった。

ただ、みくとは違って、ユウは一度犯したくらいではなかなか従順にはならないようだ。

その後廊下ですれ違っても敢然と肉助を無視するし、反抗的な態度を改めようとはしない。

まだまだ新体操の練習を開始する段階ではなかった。

(……もう一度くらいは思い知らせてやる必要があるな)

あれこれと考え、肉助はひとつの手段を思いついた。

ユウは肉助の命じることに反抗はしても、拒絶するようなことはしないだろう。

それがたとえどんな方法であっても……。


「……なんの用だよ、こんな格好までさせて」

土曜日の午後、肉助は人気のなくなったプールにユウを呼び出した。

無論、プールであるからには水着姿で……だ。

別に他の場所でもよかったのだが、ユウに犯されたという事実を思い出させるために、あえて水着を着せる必要があったからである。

「お前にひとつ頼みがあってな」

「な、なんだよ」

「闇の新体操の選手になってもらいたいんだ」

「闇の……新体操ぅ？」

「淫具を用いて少女の美を競う淫《みだ》らな競技だ」

肉助が説明を始めると、唖然《あぜん》とした顔をして話を聞いていたユウは徐々に不快感を露《あら》わにし、やがて馬鹿馬鹿《ばかばか》しい与太話を聞いた後のように冷めた目で見つめ返してきた。

「それをわたしが？　バカじゃない、アンタ」

「お前に拒否権などないんだ、ユウ」

「名前で呼ぶなっ」

親しい相手以外に、ファーストネームで呼ばれることを嫌悪する者がいる。どうやらユウもその手の人間らしい。

「何故《なぜ》だ？　俺とユウはもう他人ではないんだぞ」

「た、他人だっ」

肉の関係を持ったと強調するように言うと、ユウは声を荒らげて叫んだ。

彼女にとっては屈辱的な出来事であったのだろう。認めないとでもいうように、大きく首を振って肉助の言葉を否定する。

「まあ、いい。それよりも……闇の選手として練習する方が大切だ」

「だ、誰がそんな怪しげな新体操をするって言ったんだよっ」

「お前の意志は関係ない」

「あっ……!?」

肉助はユウの細い肩を捕まえると、そのまま力任せに彼女をプールの中に叩《たた》き込《こ》んだ。

バシャアーンッ!!と派手な音と水飛沫《みずしぶき》が上がる。

「き、急になにすんだよっ」

ユウは不意をつかれたためにしばらくもがいていたが、すぐに水から顔を出し、肉助を睨みつけながら文句を言う。肉助は言葉を返さずに、プールのへりに腰掛けると上から水の中にいる彼女を見下ろした。

「さてと……」

肉助は穿《は》いていた水泳パンツをズルリと捲り、いきり勃《た》った肉棒を取り出した。

「わあっ!!」

目の前に男性器を突きつけられたユウは慌てて目を背《そむ》ける。犯された時はまともに見ていなかったらしい。これほどグロテスクなものだとは思わなかったのだろう。

「な、なんだよ……そんな汚いもの出して……」

「水から上がりたかったら、俺を満足させてもらおうか」

肉助はニヤニヤとした笑みを浮かべながら、ユウの反応を楽しむように見る。

「やだよっ、なんでそんなことをっ⁉」

「勝者の特権だ」

「もう充分だろっ、あれだけやれば……」

肉助の言葉と目の前にある肉棒を見たことにより、不意に犯された時の記憶が蘇《よみがえ》ったようだ。ユウは羞恥《しゅうち》に頬を染めて顔を伏せた。

「あれはほんの触りだ。これから本格的になっていくのだ」

「……つき合ってらんない」

ユウは肉助に背中を向けると、プールの反対側へと泳ぎ始めた。

「逃げるのか。なら、すべてを公表してもいいいんだな？」

「え……っ⁉」

ピタリと動きを止め、ユウは強張《こわば》った表情で振り返る。

「俺との勝負に負けて処女を捧《ささ》げた……と、学園中に公表しても」

「そ、そんな……」

「もう、お前には選択の余地なんてないんだ」

「くくっ……」

ユウは悔しそうに唇を噛みしめる。だが、肉助の言うように選択の余地はない。言いなりになるか……それとも、学園中にあの件が知れ渡ることを覚悟するか。

無論、そんなことになれば肉助もただでは済まないのだが、咄嗟にそこまで思考がまわらなかったようだ。

「……分かったよ」

　ユウは再び泳いで戻ってくると、肉助の足元にまで近寄った。水から顔を上げると、ちょうどプールのへリに座った肉助の肉棒が目の前にくる。

「んじゃ、さっそくやってもらおうかな。まずは先の方を舐めろ」

「……くっ」

　初めて間近に見る男性器の気持ち悪さに顔をしかめながら、ユウは仕方なく亀頭《きとう》部に舌を這わせた。屈辱感に震える身体の振動が、彼女の舌先を伝って肉助にまで届く。

「唾《つば》を絡めるようにするんだ、丁寧にな。噛むんじゃねーぞ」

「ううう っ……」

「いいぞ、その調子だ。その調子で裏側も……だ」

「はぁはぁはぁ……」

　言われるままに、ユウは必死になって舌を動かした。肉助に犯されたことを学園中に知られないためには仕方ないのだ……と自分に言い聞かせているかのように。

「よし、では咥えてもらおうか」

「や、やだっ、こんな咥えるなんて……」

「お前の意志は関係ないと言っただろうっ」

　肉助はユウの頭を両手で掴むと、自ら腰を突き出して彼女の唇の中に肉棒を突き入れた。

「んぐっ……」

いきなり喉奥《のどおく》を圧迫され、ユウは目を白黒させて呻《うめ》いた。息苦しさを解消するためには、頭を前後に振るか舌を使うしかない。

（くくくっ……下の方も具合がよかったが、こちらもなかなか才能がありそうだ）

夢中になって舌を動かし続けるユウを見下ろし、肉助はニヤリと満足気に笑った。

ユウのような気の強いタイプを屈服させる場合は、単に脅すだけではあまり効果がない。むしろ反発心を招くだけだ。それよりも、彼女の心の奥底にある性への欲望を引き出してやる方が早道である。

（とすると……次はアレかな。それとも……）

ユウの頭を押さえつけ、自ら腰を使って口腔《こうこう》を犯しながら、肉助は次々と彼女を調教する手段を想像していった。

第三章　こずえ

みくに加え、ユウを犯して調教を始めた。

これで闇《やみ》の新体操の選手はふたりとなったが、その数はまだ充分とはいえない。大会に参加するためには、もっと多くの美少女を集めなければならないのだ。

（しかし……誰《だれ》でもよいというわけではないしなぁ）

容姿の美しさは当然として、羞恥心《しゅうちしん》を過分に持つ者でなければ観客や審査員を魅了する演技などできないだろう。そうすると、どうしても候補は絞られてくる。

肉助は体育教官室の椅子《いす》に座って煙草《たばこ》を吹かしながら、新体操部の部員をはじめとして学園内で目をつけていた少女を次々と思い起こしてみた。

誰もが相応《ふさわ》しいような気もするし、なにか物足りないような気もする。

（どこかに可憐《かれん》な女はいないものかな）

いくら肉助といえども、五百人近くいる学園の女生徒をすべて知っているわけではない。

（授業を担当している二年生以外にも範囲を広げてみるかな……）

そう考えた時……。

キャンキャンと、どこからか犬の鳴き声が聞こえてきた。

どうやら子犬らしい。普通の成犬の声よりも甲高《かんだか》い分、やたらとうるさく聞こえる。

（チッ……どこから入ってきやがった）

学園内では犬など飼っていないので、どこからか敷地内に潜り込んできたに違いない。

肉助は教官室の窓を開けて裏庭を覗《のぞ》いてみた。

姿は見えないが、相変わらず鳴き声だけは聞こえてくる。

この辺りに使用している教室はないし、職員室からは離れた場所なので、誰も子犬がうろついていることに気付いていないようだ。

（クソッ……うるせえ奴《やつ》だな。これでは考え事もできねえじゃないかっ）

面倒くさいが排除した方がよさそうだ。

肉助は仕方なく教官室を出ると、ぐるりと校舎をまわって裏庭に出た。鳴き声の聞こえてくる方を探してみると、植え込みの下に生後間もないと思われる子犬の姿があった。

「お前か……やかましく鳴いている奴は」

捕まえて学園の外に放《ほう》り出してやろうと、肉助が子犬に手を伸ばした時。

「やめてくださいっ」

突然、背後から声が聞こえてきた。

振り返ると、ひとりの女生徒が駆け寄ってくるところであった。女生徒は肉助を押《お》し退《の》けて子犬を胸に抱え上げると、非難するような表情で睨《にら》みつけてくる。

「ひどいですっ!!　こん平のことをいじめないでくださいっ」

「別に、いじめてなんかいないぞ」

放り出すつもりではあったが……という言葉を飲み込んで、肉助は改めて女生徒を見つめた。小柄でわりと可愛《かわい》い娘《こ》だ。見掛けた記憶がないということは、おそらく二年生ではないのだろう。

「いいえ、いじめてました。ねえ、こん平〜」

まるで子供に向けるような口調で女生徒が語りかけると、子犬は返事をするようにキャンキャンと鳴いた。

(やってられるか……)

動植物を愛《め》でるという感覚のない肉助には、ひどく馬鹿《ばか》らしい光景に見えるのだ。

「ところで、あなたは誰ですか?」

教師に向かって「誰ですか」もないだろう。学園内にいる大人《おとな》といえば、普通は教師に決まっている。直接授業を受けなくとも、女生徒の方は教師の顔くらいは記憶していてもよさそうなものなのだが……。

「……お前、本当にここの学生か?」

「もちろんです。一年D組の森下《もりした》こずえです」

女生徒——こずえは、そう言って生真面目《きまじめ》な答えを返してきた。

「俺《おれ》はこの学校の体育教師だ」

「え……先生?」

肉助が教師だと知ると、こずえは困ったような表情を浮かべた。

第三章　こずえ

それもそのはず、今は授業中のはずなのだ。

「お前、こんな所でなにをやっているんだ？」

「それは……その……部室に忘れものしちゃって、取りに行く途中だったんです」

「部室？　どこの部なんだ」

「新体操部です」

「なに……？」

新体操部の部員なら学年を問わずに全員の顔を知っているつもりでいたが、こんな娘は見たことがない。しかも肉助を知らないということは……。

「お前……最近、部活には顔を出していないだろう」

「え、なんでそのことを先生が？」

推測を口にしただけだったが、どうやら当たりだったようだ。こずえは驚いたように顔を上げ、改めて肉助を見つめた。

「すべての運動部は俺の統制下にあるんだ」

「そ、そうだったんですか……」

「どうして部活にこないんだ？」

「わたし……」

肉助が訊《き》くと、こずえはふっと顔を伏せた。その様子からすると、単なるサボりなどではなく、なにやら事情がありそうな雰囲気だ。

「なんだったら、先生が個人的に悩みを聞いてやってもいいぞ」

肉助はできる限り優しい笑みを浮かべながら言った。

特別な下心があったわけではなかったが、無論そうなったとしてもなんの問題もない。みくやユウだけでは選手が不足だったし、ちょうど二年生以外にも手を広げようとしていたところなのだ。新体操部に所属しているのなら、なお大歓迎である。

だが、こずえは肉助の誘いにゆっくりと首を振ると、

「わたし……才能ないですから……」

小さい声で囁《ささや》き、子犬を抱いたままその場から駆け出していった。

「ふむ……」

こずえの後ろ姿を見送りながら肉助は思わず首を捻《ひね》る。

それほど鈍そうにも見えないが、本人がそう言っているのだから間違いはないのだろう。

だったら……と、肉助はこずえに別の道を示してやろうと考えた。

（そうさ、あれだけの容姿を持っているんだからな。くくくっ……）

新体操は表の世界だけではないことを。

闇の新体操というものが存在することを……。


三人目の選手候補をこずえに決めたのはいいが、彼女を墜《お》とす方法が問題であった。

（さて……どうするかなぁ）

こずえに会って以来、肉助はこの数日間ずっと同じことを考え続けていた。

みくたちと違って一年生であるこずえとは、普段いる校舎が違うために、なかなか会う機会がないのである。彼女がいつどこにいるかということすら分からない。

肉助がそんなことをあれこれと考えていた時。

いきなり体育教官室のドアが勢いよく開き、トモミが駆け込んできた。

「ちょっと、肉ぅーっ!!」

「……なんだよ。俺は忙しいんだがな」

首だけをトモミに向け、肉助は面倒くさそうに言った。どうせ、また厄介な揉《も》め事《ごと》でも起こし、その尻拭《しりぬぐ》いをさせるつもりなのだろう。

「どう見ても暇そうじゃないの。……それよりもっ!!」

トモミはそう言って、椅子に座っている肉助の前にまわり込み正面から睨みつけた。

「犬よ、犬っ!!」

「犬がどうかしたのか?」

「犬がいるのよっ、ちょうどこの裏にっ」

どうやら、こずえが「こん平」と呼んでいた子犬のことらしい。だが、たかが子犬がいたというだけで、何故これほど大騒ぎをするのか肉助には理解できなかった。

「校内に犬がいるなんておかしいでしょう⁉」

「そうか?」

「そうよ、絶対に間違ってるわっ、こんなこと……」

子犬がいたということに驚いているのではなく、トモミの口調には嫌悪感が感じられる。

「犬に恨みでもあるのか?」

「……吠《ほ》えたのよ。あの犬、生意気にもあたしに向かって吠えたのっ‼」

トモミの言葉に、肉助は思わず溜《た》め息《いき》をついた。

(やれやれ……)

このお嬢様《じょうさま》は人だろうが犬だろうが、すべて自分に服従しなければならないと思っているようだ。犬にも自分の嫌いな者に吠えかかるくらいの権利はあるだろう。

「それで……?」

「即刻排除しなさいよっ、あたりまえでしょ」

「排除って……保健所にでも連れて行けっていうのか?」

「そんなことは自分で考えなさい。とにかく早くなんとかしてちょうだいっ」

一方的に命令すると、トモミはさっさと部屋を出て行った。

(あのガキ……俺を下男とでも思ってるのか)

気に入らないものはすべて肉助に取り除かせるつもりらしい。

元々自己中心的な奴だとは思っていたが、秘密計画書の件で肉助の弱味を握って以来、それにますます拍車が掛かったような気がする。

子犬の一匹くらい放っておいてもよいのだが、トモミのことだから裏庭からいなくなるまでしつこく言い続けるだろう。

「仕方ない……」

肉助はひとりごちて座っていた椅子から立ち上がった。せめて一度追い出すくらいのことはしないと、トモミは納得しないだろう。

それに……あの子犬がいるということは、もしかしたらこずえがきているかもしれない。


「おっ……」

裏庭までやってきた肉助は、自分の予感が的中していたことを知った。子犬は先日と同じ場所にいたが、そこにはこずえも一緒にいたのである。

「あはっ、こん平ったら～。あ……ダメですぅ」

こずえは膝《ひざ》の上に抱きかかえた子犬にペロペロと顔を舐《な》められ、嬉《うれ》しそうな声を上げて戯《たわむ》れていた。なんだか、子犬と遊ぶ女生徒という絵になりそうな光景だ。

（チッ……まだまだガキだな。犬なんかよりも、男に身体中《からだじゅう》を舐めまわされる快感を教えてやらなければならないな……くくっ）

肉助はそんなことを考えながら、無言でこずえの側《そば》へと歩いていった。

「あ……」

近付いてくる肉助の足音に気付いたのか、こずえはハッと顔を上げた。

「その犬のことなんだがな……」

「ち、違います、隠れてこん平のこと飼ってなんかいませんっ」

肉助の言葉を最後まで聞かないうちに、その内容を察したらしい。こずえは悲愴《ひそう》な顔をしていきなり弁解を始めた。

「だったら、追い出してもいいんだな？」

「あ……それは……その……」

しばらくの間、戸惑うように子犬を見つめていたこずえは、やがて意を決したような表情を浮かべて肉助に頭を下げた。

「ごめんなさい……この子、帰るところのない捨て犬なんです」

「お前がここで飼っているんだな？」

「こん平は可哀想《かわいそう》なんです、分かってください。見逃してください」

こずえは必死になって何度も肉助に頭を下げる。それほどこの子犬が好きならば、家に連れて帰って飼えばいいのだ。

もっとも……それができるのであれば、彼女もとっくにそうしているだろう。他《ほか》の女生徒や教師の目を盗んでこんな場所で飼っているのは、そうできない事情があるに違いない。

(これはチャンスだな……)

頭を下げ続けるこずえを見つめながら、肉助はニヤリと笑みを浮かべた。

「そんなに子犬が大事なら、黙っておいてもいいが……」

「本当ですか？」

肉助の言葉に、こずえはパッと顔を輝かせた。

「お前が俺の言うことを聞くのであれば……な」

「聞きます。なんでもしますからっ」

こずえはそう言いながら肉助ににじり寄った。

まさか、それが自分に地獄のような未来を与えることになることを知らずに……。

(くくっ……その言葉が聞きたかったんだ)

こずえ自身の言質を取った肉助は、思わず笑い出してしまいそうになるのを抑《おさ》えながら、最初の要求を彼女に突きつけた。

「俺は腹が減っている」

「じゃあ、なにか食べるものを……」

「お前を食いたい」

「え……それってどういう意味ですか？」

意味が分からない……という顔をして、こずえは首を傾《かし》げた。

「なにも本当に食べるって意味じゃないぞ、男が女を食べるといったら……分かるだろう」

「え……でも……」

なにを要求されているのかようやく理解したようだが、まさか教師である肉助の口からそんな言葉が飛び出してくるとは思ってもみなかったのだろう。

本当に自分の解釈が正しいのか……という表情だ。

「……嫌ならこの話はなしだ。俺は腹が減っているから、子犬料理でも食べるとしよう。野良犬の処理もできて、一石二鳥というわけだ」

「そ、そんな……っ!!」

こずえは悲鳴を上げた。子犬を食べるなど普通なら冗談だとしか思えない。だが、肉助が本当にそうしてしまうのではないか、と思わせるなにかを感じたのだろう。

「俺は別にどっちでもいいんだぞ」

「けどぉ……」

「分かった。じゃあ子犬料理をいただくか」

「あっ……分かりました。わたしを……食べてください」

肉助が子犬に近寄ろうとすると、こずえは慌ててそう口走った。

「お前が身代わりになるんだな？」

「は、はい……」

「そうか。よかったな、こん平」

なにも知らずに尻尾《しっぽ》を振っている子犬に微笑《ほほえ》みかけながら、肉助は身を硬くしているこずえの肩を抱いた。

「……やっ⁉」

こずえは反射的に肉助から逃れようとする。

「あ～ん？　さっきの言葉は嘘《うそ》だったのか？」

「いえ……う、嘘じゃ……ありません」

「そうか、いい心掛けだ。最近のガキは平気で嘘をつくからな」

そう言ってこずえを抱き寄せると、肉助は片手で彼女の胸を制服の上からまさぐる。

肉助が今まで犯してきた少女たちの中で、こずえの乳房はおそらく一番小振りだろう。服の上からでは、はっきりそれと分からないほどの大きさしかなかった。

だが、それでもこずえの方はちゃんと感じているらしい。

「んッ……ダ、ダメ……」

しつこく小さな膨らみに触れていくと、切なげな表情を浮かべて身をよじった。

「なにがダメなんだ？」

「そ、それは……あんっ……そんなところを……」

「そんなところとはどこのことだ？」

胸を触る手を休めず、肉助はこずえの顔を覗き込むようにして尋ねた。

「その……む、胸です……」

「もっと具体的に表す言葉があるだろう。そこを誰がどのようにしてるんだ？」

「んんっ……と、戸黒先生が……こずえの……っぱ……いを……」

「聞こえんなぁ」

肉助は手のひらに力を込め、小さな乳房を押しつぶすようにして握った。こずえは思わず「あっ!!」と顔をしかめたが、答えなければいつまでも肉助の手は弛《ゆる》むことがない。

「戸黒先生が……こずえの……おっぱいを……撫《な》でています……」

「違うだろう。俺は揉んでいるんだぜ」

ニヤニヤと笑いながら、肉助は小さな乳房をこねまわす。

「もっとも、こんなに小さかったらなに揉んでるのか分からないけどなぁ」

「ひ、ひどい……」

「さて……それじゃぁ、本格的にいただくとするか」

「あっ……!!」

肉助はこずえの手を引くと、裏庭から離れて校舎へと向かう。後ろから子犬の鳴き声が聞こえてきたが、ふたりについてこようとはしなかった。


すでに放課後になっている。

この時間なら、体育教官室の近くにある空き教室に近付く者は誰もいない。肉助はその空き教室にこずえを連れ込むと、ポケットの中から細めのロープを何本か取り出した。みくの調教に使おうと、あらかじめ用意しておいたものだ。

「あ、あの……ここでなにを……」

こずえは不安気な表情を浮かべて尋ねたが、肉助はそれに答えず、ロープを手にしたままドアに近付いて鍵《かぎ》を掛けた。

「とりあえず、俺の言う通りのことを喋《しゃべ》ってもらおうか」

「は、はい……」

肉助がなにを考えているのか理解できないらしい。

こずえは戸惑いながらも小さく頷《うなず》いた。

「肉助様」

「……に、肉助様」

「どうかこのわたしを滅茶苦茶《めちゃくちゃ》になるまで犯してください」

「そ……そんなことっ……!!」

こずえは顔色を変えて叫んだ。

(どうやら、こいつは俺が本気だということに気付いていなかったらしいな)

お前を食べさせろ……と言ったにもかかわらず、こずえは胸を触られた程度のことで終わりだと思っていたようだ。無論、あの程度のことは挨拶《あいさつ》程度でしかない。

「言えねえっていうのか?」

肉助が低い声で脅すように言うと、

「わ、分かりました……言います。あの……どうか、このわたしを……滅茶苦茶になるまで……お、犯してください」

恐怖から、こずえは思わず屈辱的な言葉を口にした。

「よしっ、任せておけ」

「え……嫌っ……ダメですっ」

「確かに言ったからな」

肉助は逃れようと暴れるこずえの両手をロープで縛り上げると、教室にあった机《つくえ》をふたつ並べて、その上に彼女を押し倒した。そして両足を大きく開かせたまま、机の脚に縛って固定していく。

「な……なにを……!?」

「お前は犠牲《いけにえ》の子羊だ。こうやって縛りつけた方が気分が出るだろう？　それに途中で気が変わって逃げられでもしたらかなわないからな」

「うくっ……」

こずえは恐ろしさで満足に返事もできないようだ。

肉助はそんな彼女を満足したように見下ろすと、さっそく制服のブレザーをはだけた。その下のブラウスを一気に引きちぎってやりたい気分だったが、あまりボロボロの姿で帰宅させるとこずえの両親が不審に思うかもしれない。

肉助は逸《はや》る気持ちを抑え、ボタンをひとつずつ外していく。

どうやら、まだブラジャーも必要ではないらしい。ブラウスを脱がせた途端、小さな乳房がポロリとこぼれた。

「あっ……やっ……」

こずえは恥ずかしそうに身をよじる。

「抵抗する気か？　お前がメチャクチャに犯してくれと言ったんだろう」

肉助はそう言いながら、こずえの胸に舐めるような視線を這《は》わせた。やはり直接見ても小さな乳房だが、その分張りがあって、なかなか触り心地はよさそうだ。

膨らみの頂点ではピンク色の乳首が恥ずかしげに震えている。

肉助は、その乳首にそっと指で触れた。

「んあっ……ダ、ダメ……」

「なにがダメなんだ？」

「その……そんなところを……」

「そんなところ、では分からないと言っただろうがっ」

親指と人差し指でぐりぐりと乳首を捻り上げる。痛みなのか快感なのか、こずえは眉根《まゆね》を寄せて身体をビクビクと震わせた。

「あ、あの……む、胸……です」

「胸がどうかしたのか？　具体的にどこかを言ってくれないとなぁ」

「お、おっぱい……を触らないで……」

こずえは震える声で哀願する。

「ん……ああ、これはおっぱいだったのか。あまり小さくて分からなかったぜ」

「ひ、ひどい……」

「心配するな。俺が揉んで大きくしてやるからよ」

肉助は両手でふたつの乳房を鷲掴《わしづか》みにすると、グイグイと力を入れて揉み始めた。

(くくっ、こうして揉み続けていれば、すぐにでも立派になるだろうさ)

小振りなので硬い感じはするが、押せば弾《はじ》き返《かえ》してくる弾力を楽しむことができる。肉助は容赦なくこずえの乳房を揉み込んでいった。

「い、痛っ……そんなに強くしたら……つぶれちゃう……」

「これもお前のためだ。耐えるんだな」

肉助はこずえの乳房に顔を寄せると、舌でつつくようにして乳首を舐めまわした。

「そんな……いやっ……アアッ……」

いやいやと首を振るこずえを無視して、べちょべちょとわざとらしく音を立てながら、肉助は執拗《しつよう》に責め立てていく。乳輪のまわりはあっという間に唾液《だえき》にまみれ、いつの間にか乳首もツンと頭をもたげていた。

「さて、では次にいくとするか」

「え……もう終わりじゃ……」

ハアハアと荒い息を吐きながら、こずえは切なげな声で呟《つぶや》いた。

「馬鹿野郎、これからが本番に決まってるじゃないか」

「そ、そんなぁ……」

凌辱《りょうじょく》はまだまだ続くのだと知って、こずえは絶望的な表情を浮かべた。

肉助はこずえのスカートを捲《まく》り上げると、薄いピンク色のショーツを覗き込む。あまり色っぽいものではなかったが、そこからは女生徒の香りがぷんぷんと匂《にお》ってきそうだ。

「いやぁぁ……見ないでッ」

「スベスベして気持ちのよさそうな肌だな」

そっと内股《うちもも》に手を這わせていく。柔らかい手触りを楽しみながら、肉助は徐々にその手をこずえの股間《こかん》へと移動させていった。

「ううっ……」

「それにしても、いやらしい格好だな」

「こ、これは先生が……」

「このまま放って帰ったらどうなるかな？」

「え……？」

ゆっくりと太股を撫でていた手を離すと、こずえはギクリと身体を震わせた。

「明日の朝、誰かが登校してきて……最初に見た奴は……」

「ま、待ってくださいっ!!　置いていかないで……」

このまま本当に放っておくと思ったのか、こずえは必死になって哀願した。

「そうかそうか、そんなに俺と一緒にいたいんだな」

「そ、それは……」

「それじゃあ、ご希望通りゆっくりと一緒にいてやろう」

再びこずえに手を伸ばし、ショーツの上から割れ目を探る。肉助の指が移動する度に、彼女の身体はギクギクと揺れ動き、同調するかのようにピンと勃《た》った乳首が震えた。

「なんだお前……縛られて触られているというのに興奮しているんじゃないのか？」

「そ、そんなの嘘です……んっ……興奮してなんか……」

「本当はいやらしい女なんだろう？」

「そ、そんなこと……ありません」

「そうかな？」

肉助はショーツの間から指を潜り込ませると、直接こずえの女性器に触れた。柔らかくふっくらとした恥丘を撫で上げながら、淫裂《いんれつ》の中に指を差し込む。

「ダ、ダメ……そんなことしたら……うくっ‼」

「こずえは感じたりしないいんだろう？」

「んんっ……か、感じてなんか……」

身体の内から湧《わ》き上《あ》がってくる快感に抵抗するかのように、こずえは唇を噛《か》みしめながら大きく首を振る。

（いつまで我慢できることやら……）

肉助はにんまりと笑いながら彼女の淫裂を刺激し、もう片手でカチカチになった乳首を摘《つま》んで捻り上げた。

「ここをこうしても感じないよな？」

「は、はい……感じま……んんんっ!!」

「これならどうかな？」

淫裂の上にある肉芽を、包皮ごと指でギュッと押してやる。

「キャアアッ!!」

こずえがビクンと身体を跳ね上げ、ブルブルと全身を震わせると同時に、じわりとショーツに小さな染みが浮かび上がった。

「感じてない割には、なんだかここが湿っているような気がするな。……失禁か？」

「ううっ……ち、違いますっ」

「じゃあ、これはなんだ？」

再び淫裂に指を移動させると、クチャッといやらしい音がする。そこにはすでに愛液が溢《あふ》れかえっており、あっという間に肉助の指を濡《ぬ》らしていった。

「そ、それは……あ、汗です」

「違うな……これは汗なんかじゃねーよ。これは愛液っていうんだよ」

ショーツから濡れた指を取り出すと、肉助はこずえの顔に押しつけた。

「これはてめーが感じている証拠なんだよ」

「う、嘘よっ……そんな……」

「月並みな表現で気が引けるが……下の口は正直だな」

くくくっ、と喉《のど》を鳴らして笑いながら、肉助はこずえのショーツに指を掛けた。

「あああ……」

服をすべて脱がせていくと、こずえは絶望感からか細い声を漏らす。

「どうだ？　大事なところを見られた気分は」

「うぐっ……ひっく……」

羞恥心に頬《ほお》を赤く染めたこずえは、瞳《ひとみ》に涙を浮かべて小さくしゃくり上げる。

「もしかしたら、こんなことは慣れっこか？」

「誰にも見られたことなかったのに……」

「ほう……じゃあ、こんなことされるのも初めてか」

肉助はこずえの股間に顔を寄せ、彼女の淫裂を軽く舌で舐め上げる。

「いやッ……!!」

「嫌よ嫌よも好きのうちって言うだろう」

（ま、本当に嫌がっていたとしても、俺には関係ないけどな）

肉助は面白そうに言うと、愛液でトロトロになっている秘孔《ひこう》に舌を這わす。すでに受け入れ態勢は充分という感じだ。幼い身体だが、外見に似ず立派に女として機能しているらしい。

「さて、それじゃ本格的に……」

「いやっ……やめてくださいっ」

ジャージに手を掛けた肉助を見て、こずえは掠《かす》れた声で悲鳴を上げた。

「お前、さっき自分で言っただろうが。滅茶苦茶に犯してくださいってな」

「あ、あれは……」

「お望み通り、犯《や》ってやるぞ」

肉助は下着ごとジャージを脱ぎ捨てた。途端、すでに硬く屹立《きつりつ》している肉棒がぶるんと飛び出してきて、こずえの目の前で鎌首《かまくび》をもたげる。

「……っ⁉」

男のモノを見るのは初めてなのだろう。こずえは目を丸くし、天を仰ぐ肉助の肉棒を、まるで別次元のものを見るかのような表情を浮かべて見つめている。

「こいつがお前を犯してくれるありがたいものだ」

「い、いや……そ、そんなの……入らないっ‼」

こずえはぶるぶると大きく首を振った。性的な知識は持っているのだろうが、初めて見る男性器はこずえの想像を遥《はる》かに超えるほど巨大なものであったようだ。

「心配するな。こいつは強力でな……壁にだって穴を開けられるかもな」

「ひっ……」

「それにこれだけ濡れてれば充分だ」

肉助は、肉棒をこずえの淫裂に押し当て挿入《そうにゅう》の体勢を取った。

「いやぁ……ダメ、ダメ、ダメェ!!」

「動くと違うところに入っちまうぞ」

亀頭《きとう》部が潜り込んだ時点で弾みをつけるように腰を使い、一気にこずえの膣《ちつ》を貫く。

「あああっ!!　いやっ……い、痛っっ……!!」

いきなり襲ってきた破瓜《はか》の痛みに、こずえは身体を仰《の》け反《ぞ》らせて絶叫した。

まだ何物にも侵入を許したことのない部分を侵され、彼女の身体は肉助を排除しようと肉をうねらせる。だが、それはかえって肉助に心地よい感触を与える結果となった。

(さすがにキツイが……やはり、こいつも上物だったな)

これでみく、ユウに続いて三人目だ。こずえのキツイ締めつけの感覚に酔いしれながら、肉助は自分の幸運さに思わずほくそ笑んだ。

「くくっ……どうだ感想は？　感激で声も出ないか」

「も、もう……許して……」

「ここまできて、許すもなにもないだろう。入っちまってんだからなっ」

肉助は、彼女の膣内にいる自分をアピールするようにゆさゆさと腰を振る。

「ほれ、お前の中にいるのが分かるだろう？」

「いやぁぁ……！　あうっ……痛い……あああっ!!」

与えられる痛みと羞恥に耐えるかのように、こずえはギュッと目を閉じた。

(どうせ最初だけだ。そのうち、これがたまらなくよくなるんだからな)

女の性《さが》を嘲《あざけ》るように笑みを浮かべ、肉助はゆっくりと腰を使い始めた。


毎度のことだが、女生徒を犯してそれで終わり……というわけではない。

肉助の目的は闇の新体操の選手を獲得することであって、トモミに命じられる形ではあっても、彼女たちを犯したのはそのための手段にしか過ぎないのだ。

こずえの場合も例外ではない。

凌辱したという事実を脅迫のネタに使い、幾度かセックスを重ねて、愛撫《あいぶ》や羞恥心を刺激することによって快楽というものを覚えさせる。

それから初めて、闇の新体操の練習を開始するのだ。

「闇の新体操を知っているか？」

「やみの……しんたいそう？」

例によって人気のない体育館にこずえを呼びだした肉助は、まずこれから行おうとしている闇の新体操について語った。

「光あるところに影がある。新体操の歴史が始まった時、同時に闇の新体操の歴史も始まっていたのだ。決して脚光を浴びることのない呪われた宿命を持つ新体操……それが闇の新体操なのだ」

自分でもいい加減な話だと思いながら、肉助は「秘密計画書」に書かれていた内容をこずえに聞かせた。

「そ、そうなんですか……？」

本気かどうか分からないが、こずえは驚いた様子で肉助の話に聞き入っている。

「俺は以前からその闇の新体操で活躍できる選手を捜していたのだ」

「はあ……」

「そして、お前こそが俺の求めていた選手なのだ」

体育館に軽やかな曲が鳴り響く。

その曲に混じって、タタタッと床を蹴《け》る音と激しい息遣《いきづか》い。

「えいっ」

「ダメだダメだっ！　全然ダメだっ!!」

肉助が声を荒らげて叫び声を上げると、レオタードに身を包み、長いリボンを持って辺りを駆けまわっていたこずえがハッと足を止めた。

「もっとリズムに合わせて、音楽と一体になるんだ」

「は、はい……先生っ」

こずえは呼吸を整えると、再び曲のタイミングを見計らって走り始めた。

どういう理由で自分には才能がないと思い込んでいたのか知らないが、肉助の目から見ると、こずえの動きは見事なものである。これから先、彼女がどれほどの選手になるか分からないが、その素質は充分といったところだろう。

「もっと胸を反らして、腰を前に突き出すっ」

「はいっ」

「そうそう、そこで手首のスナップを効かせるんだ」

こずえの操るリボンは生き物のごとく自在に形を変え、まるで触手のように彼女の身体に絡みつき、その股間を嬲《なぶ》るような動きを見せている。

計画書の中にあった、リボンを使用した闇の演技のひとつだ。

「やあっ」

「そう……そうだ。そのリボンはお前の身体を淫靡《いんび》に撫でまわす触覚だと思え。お前が感じてくるまで、繰り返し練習だっ」

「が、頑張りますっ」

　こずえは物事に熱中するタイプなのだろう。初めは嫌々ながらであった闇の新体操の練習も、今では自分から進んでやるようになっている。

　もっとも……すでに女としての悦《よろこ》びは充分に教えてあるので、練習で得られる快感を求めてのことなのかもしれない。

「あっ……」

　自ら操るリボンが股間を通過した瞬間、こずえは切なげな声を上げて動きを止めた。

「どうした!?」

「い、今……少しだけ……少しだけきました、先生」

「よしっ、その感覚を忘れるな」

　肉助が声を掛けると、こずえは「はいっ」と大きく頷き、再びリボンを手にして演技を再開する。どうやらコツを掴んだらしく、リボンを操る度に甘い声を漏らす回数が増えてきたようだ。

「せ、先生……さ、さっきよりも刺激が強くなってきてます」

「当然だ、リボンに浸透したお前の愛液が重りとなって衝撃が増しているんだ」

「あふっ……んふっ！　か、絡みついて……きます」

「いいぞっ！　美しいぞ」

こずえはかなり感じてきたようだ。館内のライトが、飛び散る汗と愛液をキラキラと照らし出している。

「よしっ！　この動作をマスターしたら、次は視線にも気をつけろ」

「し、視線……ですか？」

「もっと色っぽく観客の方を見るんだ。そう……いいぞっ」

こずえは瞳を潤ませ、恍惚《こうこつ》とした表情を浮かべている。そんな彼女を見つめていると、男なら誰でも欲情してしまいそうだ。

すでに肉助のモノも硬く勃起《ぼっき》し、今にも爆発しそうであった。

「んあっ……ふっ……せ、先生……」

「どうした？」

「わ、わたし……イキそう……です」

演技を続けるこずえは、熱っぽい表情を浮かべながら肉助を見つめた。

思わず駆け寄って押し倒し、いきり勃ったモノを彼女にぶち込んでやりたい衝動に駆られたが、これは闇の新体操の練習なのだ。いくら欲望の強い肉助といえども、情欲を発散する場合と美学を追究する違いぐらいは心得ている。

「何度イッてもいいぞ、ルールでもそれは認められているからな」

肉助が自分の欲望を抑え込んでそう叫んだ瞬間。

「んんっ……リ、リボンがいやらしい動きで……あああんっ!!」

どうやら、グッショリと重くなったリボンが股間を撫で上げた瞬間に達してしまったようだ。

「こらっ、こずえは切なげな吐息を漏らして、体育館にぐったりと倒れ込んでしまった。

「こらっ、一度イッたくらいで動きを止めるんじゃない」

「で、でも……もう力が……」

こずえは床に横たわったまま、ピクピクと全身を痙攣《けいれん》させる。

汗か愛液か分からない液体が彼女の下半身を濡らし、卑猥《ひわい》さと美しさの共存する不思議な光景を作り上げていた。

第四章　まどか

「ふあああ〜ぁ」

始業を知らせるチャイムが響き渡ると同時に、肉助は大きなあくびをした。

最近、放課後には必ず、みく、ユウ、こずえの三人のうちの誰《だれ》かを特訓しているので、いつの間にか随分と疲労がたまってしまったようだ。

（いくら体力自慢の俺《おれ》でも、さすがに毎日は大変だな……）

だからといって、肉助は三人の調教を中断する気など更々《さらさら》なかった。皆、ようやく従順になってきたところなのだ。ここでやめるなどもったいない。

闇《やみ》の新体操大会まで、そう時間があるわけではないのだ。

（……せめて、授業がなければ昼間は休めるんだがなぁ）

だが、さすがに学生と違って授業をサボるわけにもいかない。そんなことをすれば、たちまちクビになってしまうだろう。

何度も生あくびを繰り返しながら体育館にやってきた肉助は、集まっていた女生徒たちに準備運動をするように指示をした。本来なら出席を取らなければならないのだが、何十人といる女生徒たちの名前を読み上げていくのは面倒であった。

肉助は体育館の隅《すみ》にあったパイプ椅子《いす》に座ると、出席簿を放《ほう》り出して、準備運動をしている女生徒たちに目を向ける。

前屈した時にチラリと覗《のぞ》く背中。

背伸びをした時に見えるへそ……。

退屈な授業中の楽しみといえば、せめて、このチラリズムの極地ともいえる光景を眺めるぐらいしかない。

「……ん？」

女生徒たちを見つめているうちに、その中のひとりに何気なく目がいった。

眼鏡《めがね》を掛けているが、なかなか整った顔立ちをした少女だ。少し胸が足りないような気もするが、充分に合格点をつけてもよさそうである。

（そろそろ……次の女を捜さないといかんなぁ）

闇の新体操の選手として三人を確保したが、できれば後もう二、三人は欲しいところだ。

正規の新体操部の中で目をつけている者はまだ何人かいたが、誰にするかは決めあぐねているといった状況であった。

「先生、準備体操終わりました」

ぼんやりとそんなことを考えていると、女生徒のひとりが肉助に声を掛けてきた。

「ん……ああ、じゃあ……適当に分かれてバレーでもやってろ」

「はい」

肉助の言葉に従って、女生徒たちは一斉にバレーボールを出したり、ネットを張ったりとそれぞれに動き始めた。その中で、ひとりの女生徒が肉助に向かって歩み寄ってくる。

さきほど肉助が見ていた眼鏡を掛けた少女だ。

「戸黒先生、お話があります」

「ん？」

「ちゃんと授業してもらわないと困ります」

「……やってるじゃねえか」

肉助はバレーを始めた女生徒たちを顎《あご》を振って示した。少女はチラリと背後を見たが、再び肉助の方に向き直り、傍《かたわ》らに放り出された出席簿を見つめる。

「出席も取っていないようですけど？」

「誰が出席で誰が欠席か、見ただけで分かってるからいいんだよ。別にいいじゃねえか。誰も困っていないだろう」

「だったら、私《わたし》の名前を言えますか？」

「うっ……」

少女の指摘に肉助は言葉を詰まらせた。無論、少女を相手に適当なことを言っただけなので、名前など覚えているはずもない。

「言えないんですね？」

「ド、ド忘れしただけだ」

苦し紛れに呟《つぶや》く肉助を見て、少女は溜《た》め息《いき》をついた。

「千家《せんけ》です。千家まどか」

「お、おお！　そうだったな」

「……知らなかったくせに」

ぼそりと呟く少女——まどかの言葉に、肉助はまともな返事のしようがなかった。

「そ、そんなことどうでもいいじゃねえか」

「三カ月以上も授業をやっていて、学生の名前を知らないのは問題だと思いますけど」

「うっ……」

「それだけ先生がマジメに授業をやっていないということですよね？」

実際、その通りなのだからぐうの音も出ない。

肉助が反論してこないことを知ると、まどかは更に言葉を重ねてきた。

「それに学生をじろじろ見ないでくれませんか？　いい大人《おとな》がみっともないです。ついでに言わせてもらうと、部活を覗きにくるのもやめてもらいたいんですけど」

「……お前の部活ってなんだよ？」

「新体操部です」

まどかの答えに、肉助は思わず首を捻《ひね》った。

（新体操部にこんな生意気な奴《やつ》はいたかな？）

この優等生面《ゆうとうせいづら》したところは気に入らないが、容姿はなかなかのものを持っているのだ。

もし、新体操部に所属しているのなら、とっくにチェックを入れているはずである。

「お前なんか見たことないぞ」

「これでどうですか？」

肉助の言葉に、まどかはスッと眼鏡を外した。

「……ああ」

その素顔は確かに見たことがある。それどころか、闇の新体操選手候補として肉助の頭の中でリストアップされている女生徒のひとりであった。

(眼鏡ひとつでだいぶ印象が変わるものだな……)

どちらにしても美少女であることには間違いない。

改めて素顔を見つめる肉助の視線に気付き、まどかは眼鏡を掛け直した。

「授業もそうですけど、部活の間ずっと見られていると集中できないんです」

「そ、それはお前の集中力が足りないだけだろうが」

「……そうかもしれませんね」

まどかは意外にも素直に頷《うなず》いてみせる。

「でも、集中できないのは私ひとりじゃないんです。他《ほか》の部員たちも、先生が見ていると集中できないそうです」

「んなわけないだろう。……なあ？」

いつのまにか手を止めて、まどかとのやりとりを傍観していた女生徒たちに尋ねてみる。すると、全員が彼女に同意するように首を振った。

（チクショウッ、ガキ共が結託しやがって!!）

思わず怒鳴りつけたい気分だったが、こうまで劣勢では逆効果だろう。

「とにかく、今お願いした件……覚えていてください」

まどかは勝ち誇ったように宣言すると、他の女生徒たちの方へと歩いて行く。一言も返すことができない肉助は、黙って彼女の後ろ姿を見送るしかなかった。


授業を終えて体育教官室に戻ってきた肉助は、腹立ち紛れに持っていた出席簿を机《つくえ》の上に叩《たた》きつけた。自分が女生徒たちに好かれていないのは重々に承知していたが、まどかのように筋立てて責められたのは初めてである。

なんだか、単に悪口を言われるよりも腹立たしく感じた。

（クソッ!!　あの優等生面が気に入らねぇ……）

思い起こしてみれば、肉助の学生時代にもあの手の女生徒は必ずクラスに存在した。成績がよく、正義感が強くて理を好むタイプだ。

おまけにまどかの場合は顔までよいときている。

優等生とはほど遠い存在であった肉助は、あのタイプにはどうしても苛立《いらだ》たしさを感じてしまうのだ。

(……いっそ、あいつにするか)

無論、四人目の闇の新体操選手を……である。

元々候補にしていたのだし、容姿はまったく問題ない。なによりも、あのすましたまどかの顔を苦痛で歪《ゆが》ませ、力尽《ちからず》くで屈服させてやりたかった。

そんな妄想を頭に思い描いていると、校内放送を知らせるチャイムが聞こえてきた。

『戸黒先生、戸黒先生、至急1－F教室までお越しください』

思考を中断された肉助は小さく舌を打つ。

「チッ……なんだよ？」

放送で呼ばれるなど珍しいことだ。無視してしまおうかとも思ったが、これも仕事のうちだ。面倒くさいが行かざるを得ない。

(……どうせ大した用事ではないだろう)

勝手にそんな想像をしながら呼ばれた教室にきてみたのだが……。

そこには何人もの女生徒たちが集まって、肉助がやってくるのを待っていた。

「なんだ……？」

一体、何事かと教室内を見まわしていると、ひとりの女生徒が肉助の前に立った。

「戸黒先生、お忙しいところをきていただいてすいません」

声を掛けてきたのは、あのまどかであった。

「千家、これはなにごとだ？」

「今日は体育委員会の会議の日です」

「体育委員会？　ああ……」

そういえばそんなものがあったな、と肉助は他人事のように思い出した。

体育教師である肉助は、女生徒たちで組織された体育委員会の顧問ということになっている。当然、定期的に行われる会議にも出席しなければならないのだが、さほどの議題があるわけではないのでほとんど顔を出していないことが続いていたのだ。

「今日は先生に承認していただきたいことがありまして」

「ほう……俺に？　なにを承認しろというのだ」

「ブルマーの廃止です」

また細かい規則についてのことだろうと高をくくっていた肉助は、まどかの口から出た言葉に思わず目を剥《む》いた。

「なんだと!?　ブルマーを廃止して、なにを着て授業に出るつもりだ？」

「ジャージです」

「このクソ暑いのに、あんなのを着て体育をするつもりか？」

「夏はスパッツということになっています」

「反対だ！　そんなものでなくても、今まで通りでいいじゃねえかっ⁉」

冷静に答えるまどかに、肉助は思わず感情を高ぶらせた。

だいたい、そんなことをされたら授業中の楽しみが減ってしまうではないか。

「でも、先生がいくら反対されてもこれは決定したことです。ここにいる体育委員と他の体育の先生方には賛成をいただいてます」

「なんだと……？」

肉助が教室を見まわすと、集まっていた女生徒たちは一斉に頷いた。

「だから、先生がおひとりで反対されても無理なんです」

「いつ、そんなことが決まったんだ？　そんな重要な会議を、なんで俺がいない時に……」

「先々週の会議の時です。先生は欠席なさってました」

さらりと答えるまどかの言葉に、肉助は思わず歯噛《はが》みした。

（クソッ……このガキッ‼　俺をはめやがったなっ）

ここまで周到に準備されてては反論の余地がない。面倒がって会議をサボっていたことを、逆手に取られてしまったのだ。

「し、しかし、体育委員だけでそんなことを決めていいのか？」

「各クラスで多数決を取りました」

「ぐっ……」

もう、どうすることもできない。

体育委員会での採決には顧問である肉助の承認がいるといっても、それは最後の確認のようなものである。話を学園長に持ち込めばそれで終わりなのだ。

だが、肉助は意地になって最後まで突っぱねた。

「俺は反対だからなっ!!」

そう叫んで教室から出ようとした時、背後からまどかの声が追いかけてきた。

「まったく……なんであんなものにこだわるんです?」

「……っ!?」

「いい大人が、みっともないと思わないんですか?」

肉助は返事の代わりに、教室のドアを力任せにピシャリと閉めた。


「ちょっと、聞いてるのっ!?」

いつものように体育教官室にやってきたトモミは、自分の気に入らない奴が偉そうに文句を言ってきたという愚痴《ぐち》を肉助に向かって喋《しゃべ》り続けていた。

「……聞いてるよ」

肉助は曖昧《あいまい》に頷いたが、頭の中ではずっと別のことを考えていた。

まどかを如何《いか》にして凌辱《りょうじょく》してやるか……ということを。

あの体育委員会の日からすでに数日が経過していたが、その間、肉助はそのことばかりを考え続けているのだ。もう、闇の新体操選手候補だからというだけではない。このままでは気が治まらなかった。

「肩よりも長い髪は結わなきゃならないなんて……まったく、そんな馬鹿《ばか》な校則を作ったのはどこのどいつよっ‼」

「さあね……」

「それも風紀委員でもないくせに……まどかの奴っ」

適当に聞いている振りをしていた肉助は、トモミの台詞《せりふ》の中に意外な人物の名を聞いて、ハッと顔を上げた。

「今、誰だと言った⁉」

「え……ま、まどかよ。千家まどか」

肉助の勢いに押されたトモミは、めずらしく尻込《しりご》みするように答えた。

(チッ……あの優等生ぶりは、他の奴に対しても同じか)

特にトモミのような女生徒なら、まどかと反発しあうことが多いのだろう。

「それで、お嬢様《じょうさま》はいつものように懲《こ》らしめてほしいわけか？　あの女を……」

「ま、まあね。アンタなら、あのうるさい女を黙らせることができるでしょ」

いつになく積極的な肉助に戸惑いながらも、トモミはまどかを呼び出して確実に追い込む方法を説明し始めた。それは今までよりもずっと悪辣《あくらつ》な方法であったが、肉助は喜んで彼女に同意した。

（くくっ……これでまどかの奴を徹底的にいたぶってやるぜっ）

トモミから渡されたあるものを受け取り、肉助はにやりと笑みを浮かべた。

「い、痛い……なにをするんですかっ⁉」

翌日の授業中——。

体育館で授業をしていた肉助は、女生徒たちに自習をしているように言い渡すと、まどかだけを連れて教室に戻り、有無を言わさずに彼女を後ろ手にロープで縛りつけた。

「身体検査をする時に、暴れられると厄介だからな」

「し、身体検査……？」

肉助の言葉に、まどかは戸惑いの表情を浮かべた。

身体《からだ》の自由を奪った時点で強引に犯してやってもよいのだが、今回は単に彼女を凌辱するだけでは気が済まない。徹底的に……そう精神的に追いつめてやる必要があるのだ。

それに力任せに犯しただけでは、この正義感の強いまどかのことだ。自分が恥をかくことを承知してでも学園や警察に訴え出る可能性がある。

ここは面倒でも、それなりの手順を踏む必要があるのだ。

「千家……えらいことをやってくれたようだな」

「ど、どういうことですか？　こんなことをされる覚えはありませんけど」

「とぼけるな!!」

肉助が怒鳴り声を上げると、まどかは「ヒッ」と首をすくめた。

「お前がこのクラスの給食費を、日直の机から盗むのを目撃した奴がいる」

「え……!?」

まどかは顔を上げ、怪訝《けげん》な顔で肉助を見つめる。

「ど、どういうことですか？　私……そんなことしてませんっ」

「しらばっくれるつもりか。いい度胸してるな……お前」

「そんな……私が盗んだっていう証拠でもあるんですかっ!?」

まどかは声を張り上げた。

「それを調べるために、こうして検査をするって言ってるんだ」

「……だったらお好きに。どうせなにも出てきませんでしょうけど」

「んじゃ、そうさせてもらうか」

肉助はまどかの鞄《かばん》を手にすると、中身を豪快に教室の床にばらまいた。

「そんな乱暴にすることないじゃないですかっ」

「俺のやり方に、いちいち口を出すな」

床に散ったまどかの私物をざっと見渡し、肉助は「見あたらないな……」と呟いた。

「あたりまえです。私、盗んでなんかいませんから」

「ふむ……だとしたら、肌身離さず持っている可能性もあるな」

「制服ならまだしも……こんな格好でどこに隠しているっていうんです？」

ブルマー姿のまどかは、そう言って自分の身体を見下ろした。

「別にかさばるものでもないからな。どこにでも隠せるだろう」

「いい加減にしてくださいっ、私は……」

「黙れッ！　屁理屈《へりくつ》メガネっ!!」

肉助は怒鳴り声を上げ、まどかの身体を突き飛ばした。

「あうっ……!!」

両手が使えず、まどかは腰から座り込むようにして床に倒れる。

「お前が無実だっていうのなら、大人しく調べさせろ」

「……分かりました」

絶対に自分の仕業ではないという自信からか、まどかは気丈にも肉助を睨《にら》みつけるようにして言い放った。

「でも、もし私が無実だった場合、このことは他の先生に報告しますからそのおつもりで」

「好きにしろ」

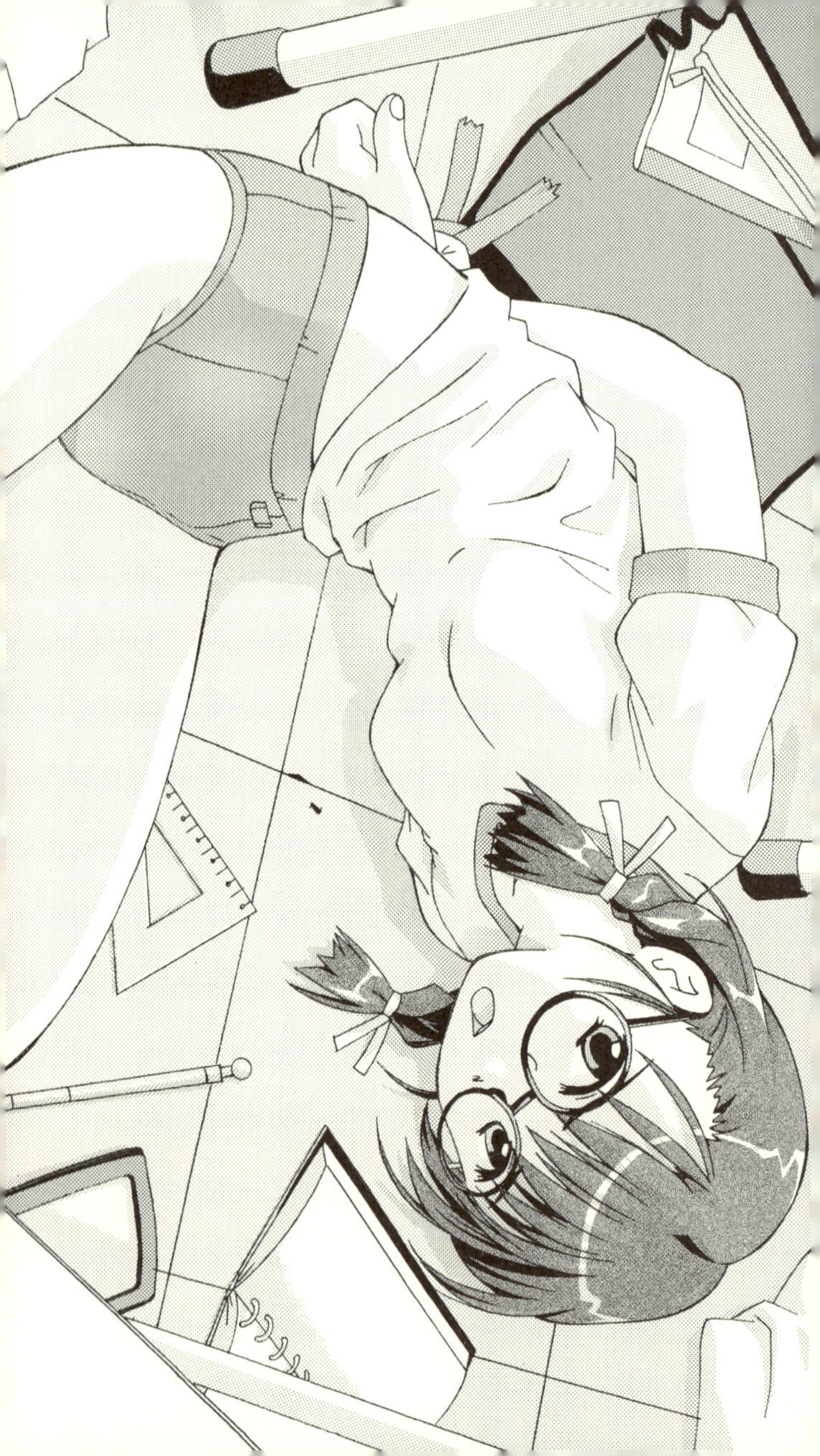

肉助はそう答えると、体操服の上からざっと身体を撫《な》でまわした。

柔らかい肌の感じが肉助の情欲をそそったが、今はまだその段階ではない。一通り確認をすると、上履きや靴下の中も順に見ていく。

「どうです、ありましたか？」

「まだ終わっていない」

挑戦的な口調で訊《き》いてくるまどかを一瞥《いちべつ》すると、肉助は彼女のブルマーに手を掛けた。

「せ、先生……今度はなにを……!?」

「ブルマーだ。ブルマーの中が怪しい」

「こ、こんなのセクハラじゃないですかっ!!」

まどかは身体をよじって抵抗したが、両手が使えない以上は無駄なことだ。

肉助は一気にブルマーを膝《ひざ》まで引き下ろした。

「いやぁぁ!!」

下着が露出される屈辱に、まどかはギュッと目を閉じる。その隙《すき》に、肉助はポケットの中にあった茶封筒を床にそっと置いた。

「い、一瞬でも先生を信じた私がバカだったわ。やっぱり、他の先生に……」

「報告されるのはお前だ」

「……ど、どうして？」

肉助は冷ややかに言うと、自分で置いた茶封筒をもっともらしく拾い上げた。

「ブルマーの中に隠すとはな……。これはなんだ、給食費じゃないのか？」

「う、うそ……そんなの……私、知らない……」

茶封筒をひらひらとまどかの前で振ると、彼女は目を大きく見開いたままゆっくりと首を振った。そんなものを自分が持っているはずがない……という顔だ。

（くくっ……そうさ。その通りなんだがな）

肉助は込み上げてくる笑いを抑《おさ》え、真顔のままでまどかを見下ろした。

この給食費は、まどかを陥れるために日直であるトモミが肉助に手渡したのだ。彼女がこれを盗んだように仕組めば、簡単に墜《お》とすことができるだろう……と。

（あのお嬢さんも、かなり悪どいことを考えるようになったものだ）

もっとも、今回ばかりはトモミに感謝したい気分だ。まどかを相手にするには、これぐらいの小細工は必要だろうから。

「退学決定だな」

「と、戸黒先生、信じてくださいっ、私……本当になにも……」

「これを見て、なにを信じろっていうんだ？」

「そ、それは……」

おそらく、まどかは話が胡散臭《うさんくさ》いことに気付いているのだろう。

　自分がなにもしていないことは彼女自身が一番よく知っているのだ。なのに、ブルマーの中からいきなり給食費が出てきたのである。だとすると、これが肉助の企《たくら》みであるのは明らかだが、その証拠がない以上、さすがに正面切って文句は言えないようだ。

「お前が俺の言う通りにするっていうのなら、黙っててやってもいいんだがな」

　沈黙してしまったまどかに、肉助はそっと提案するように囁《ささや》いた。

「……ど、どうしたら黙っていてくださるんです？」

「くくっ……密室にふたりっきりといったら、やることは決まっているだろう」

　肉助の言葉に、まどかはサッと顔色を変えた。

「そんな……どうして身に覚えのないことで、私が先生とそんなことをしなきゃならないんですかっ⁉」

「じゃ、退学決定だな」

「私は無実ですっ‼」

　まどかの悲痛な叫び声を、肉助は鼻で笑い飛ばした。

「お前、意外と頭が悪いんだな。選択肢《せんたくし》はふたつしかないんだ」

「そんなの……脅迫じゃないですか」

「うるせぇな‼　退学かセックスか……どちらにするんだよ？」

「……くっ」

まどかは悔しそうに歯噛みした。

(自分が罠《わな》に嵌《は》まったことに気付いたようだな……くくっ)

ことが公になった場合、彼女に勝ち目はない。いくら不人気でいい加減とはいえ、肉助は教師なのだ。まどかが優等生であることを考慮されたとしても、給食費という証拠は肉助が握っているのである。

「……退学は困ります」

まどかは諦《あきら》めたように、そう言って目を伏せた。それがなにを意味しているのかは充分に分かったが、ここははっきりと言質を取っておく必要がある。

「どっちにするのかって訊いているんだ」

「……セ、セックス……です」

「その言葉を忘れるなよ」

肉助はまどかが囁くと同時に、残っていたショーツに手を掛けて引き下ろした。

今までの娘たちと違って、ゆっくりと前戯してやるつもりなどなかった。まどかには散々に馬鹿にされ続けた恨みがあるのだ。

「な……ま、まさか……いきなり!?」

陰部に唾《つば》をなすりつけ始めた肉助に、まどかは驚愕《きょうがく》した表情で訊いてくる。

「なにか不満なのか?」

「普通は……その……愛撫《あいぶ》というものを……」

「退学の代わりにセックスをするんだ。これくらいはあたりまえだろう」

「む、無理ですっ……私……その……初めてなのに……」

そう口にした途端、まどかの頬《ほお》はカッと赤くなった。

「ほう……優等生ともなると、処女のくせにセックスの予習までしているようだな」

「そんな……」

絶句してしまったまどかの両足を抱え上げると、肉助はジャージを脱いで熱くなったモノを取り出し、彼女の入り口へ通し当てていった。

「あっ……くっ……痛い……っ！」

「さすがに濡《ぬ》れていないときついな」

亀頭《きとう》部分がわずかに潜り込んだ段階で、肉助はとりあえず動きを止めた。無理やり挿入《そうにゅう》しようとすると、肉助自身もかなり痛いのだ。

「か、身体が……裂けちゃう……」

少しでも侵入してくる肉棒から逃れようと、まどかは身体をよじって後退を始める。

だが、そのために彼女が腰を浮かしたのを見計らって、肉助はここぞとばかりに身体を押し進めていった。みしっと軋《きし》むような感覚を伴って、モノは柔らかな肉壁を捲《めく》り上げながら一気に根元まで沈み込んだ。

「うああああっ!!」

教室の床に、破瓜《はか》の血が滴り落ちる。

「んっ……はっ……裂ける……裂けちゃううっ」

「くくくっ……これは罰《ばつ》だからな。それに文句ばかり言ってねえで、お前が濡らせば痛くなくなるだろうが」

「もっ、もういやっ……はぁはぁ……ぬ、抜いて……ぇ」

苦痛に歪むまどかの顔を満足げに見つめながら、肉助はゆっくりと腰を動かし始めた。


とりあえず報復を終えたからには、まどかにも闇の新体操の選手としての調教は行うつもりでいた。

もっとも、それを承知させるまでには、更に何度か犯して性的な悦《よろこ》びを彼女の身体にしっかりと教えこんでやらなければならなかったが……。

「あっ、くうううぅ」

蜜壺《みつつぼ》の中に、肉助のモノがゆっくりと埋没していく。

(肉ヒダに包まれたこの感触……たまんねぇな)

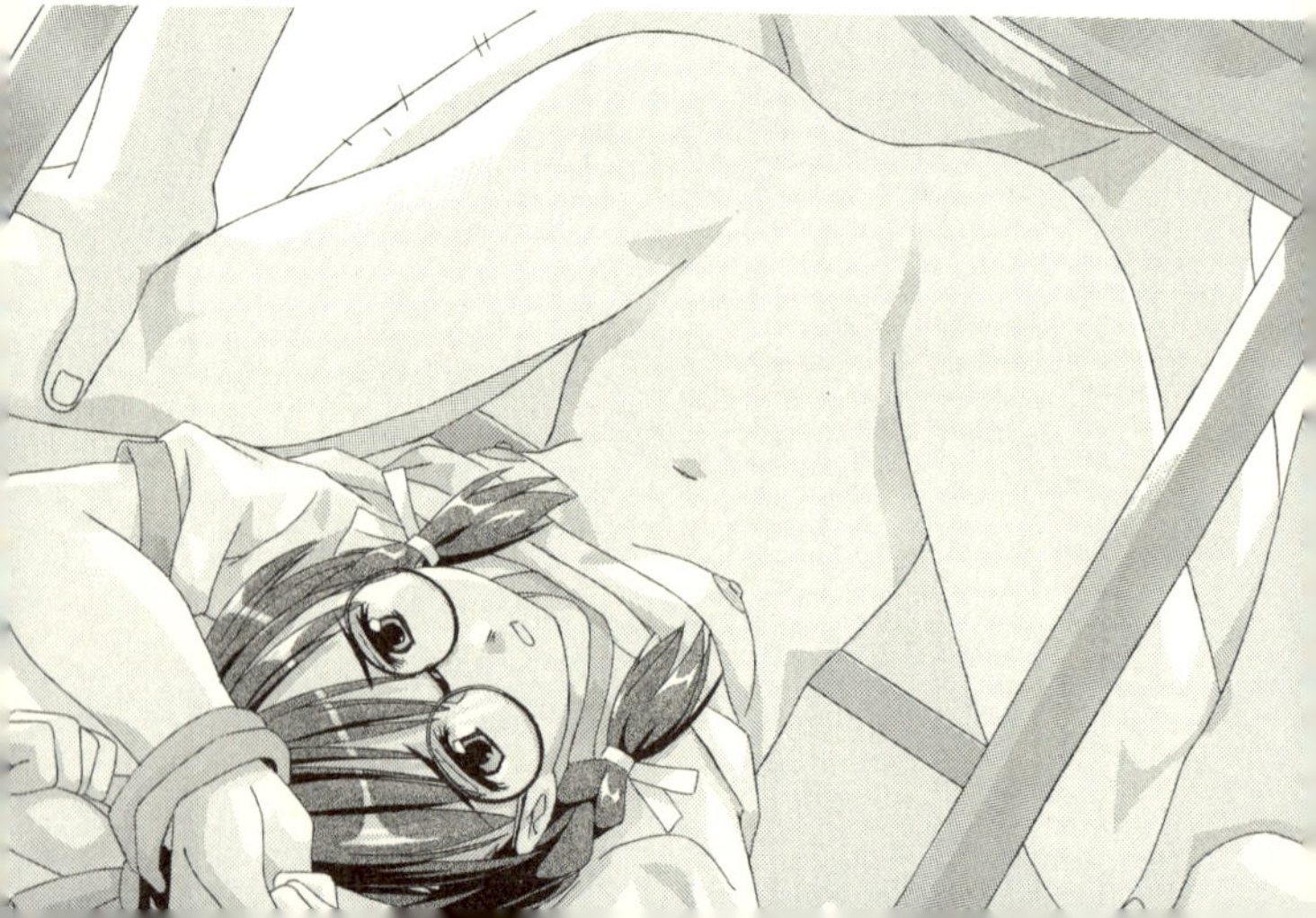

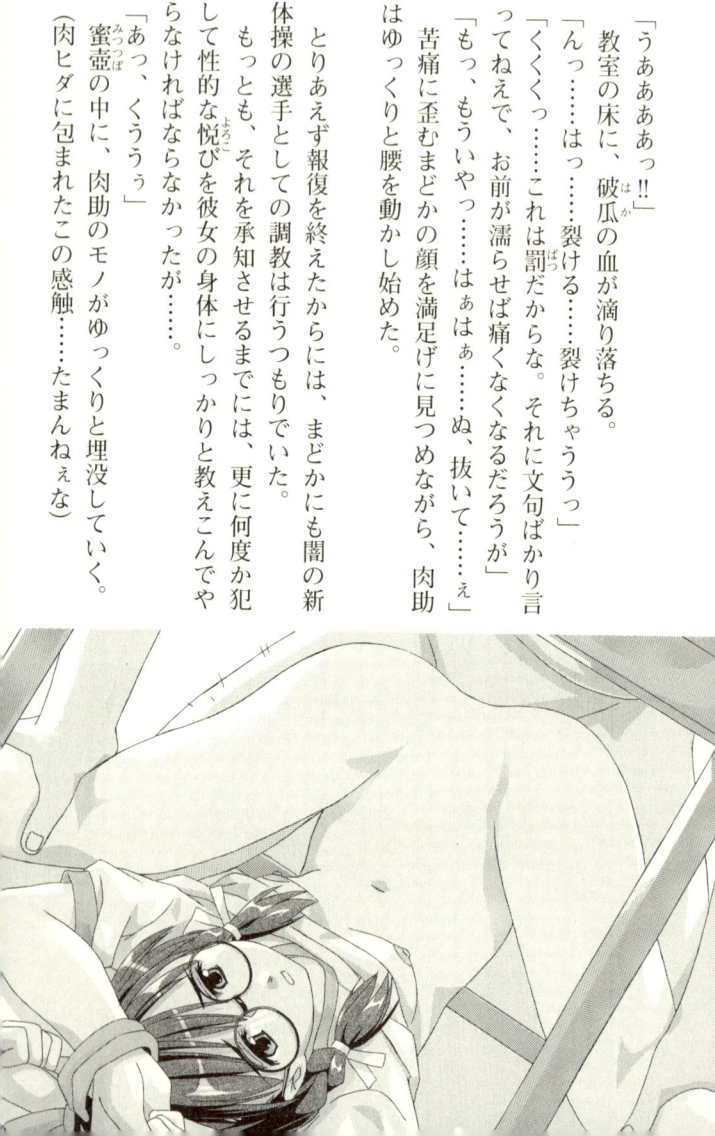

挿入を果たした肉助は、彼女の腰を両手で掴《つか》みながら、じわりとモノを締めつけてくる肉壁の感触に酔いしれていた。

すでに何度か身体を重ねていたせいか、まどかも最近は以前ほど拒まなくなっている。

どの女も同じだが、ある程度の快感を感じるようになると、肉助の愛撫に理性が麻痺《まひ》してしまうらしい。

今回もまどかの家が経営している和風喫茶に押しかけ、しかも客がいないのをいいことに客席で犯しているにもかかわらず、彼女の抵抗は形ばかりのものであった。

(和服姿を犯すというのも、なかなか味があっていいもんだな)

家の手伝いをしていたまどかは着物を身につけていた。その着物を腰まで捲り上げ、尻を露出させた姿を背後から犯しているのだ。

「あ、あの……先生……親が調理場にいるんです。ですから……」

「だったら、せいぜい親にばれないように声に気をつけな」

そう言い放って、肉助はいきなり激しく腰を使い始めた。

「はっ……あっ……あああっ!!」

最初は無理やりに犯したので気付かなかったが、まどかの膣《ちつ》は他の娘たちと比べて随分と具合のいいものを持っている。早急にやってしまったことが悔やまれる気分だ。

(クソッ……もっとじっくりと楽しめばよかったぜ)

損した分を取り戻す気分で、肉助はまどかを責め立てていった。

「せ、先生……は、激しすぎます……はっ……んんっ」

「なんだ、痛いのか？」

「……い、痛くはないですけど……声が出てしまいそうで……」

まどかは首を捻り、潤んだ瞳《ひとみ》で背後にいる肉助を振り返った。

すでに頬を紅潮させたその表情には、あの取り澄ました優等生の面影は欠片《かけら》ほどもなく、発情した牝《めす》そのものである。

「お前を信じているぞ。声くらい我慢できるだろう」

「んっ……わ、分かりました……」

まどかは頷きながらそう答えたものの、肉助が突き上げる度に大きな声で喘《あえ》ぎ続けた。

「お前……全然我慢してないじゃないか」

「す、すみません……んあっ……ああっ！　し、自然に出てしまって……」

その後も肉助の動きに合わせ、まどかは感極まった声を上げる。すでに彼女の頭からは、親に見つかってしまうという恐怖など消え去ってしまっているのだろう。

「んっ、んんんっ……き、気持ちいい……戸黒先生……もっと……もっとしてっ……」

自ら腰を振り、まどかはひたすらに快感を貪《むさぼ》り始めている。

（くくっ、こんな台詞がこいつの口から聞けるとは思わなかったぜ）

優等生として禁欲を自らに課していた反動なのだろうか、まどかは今まででもっとも早く、自ら肉助のモノを求めるようになった。

この様子だと、闇の新体操の選手としての素質も充分だろう。

(そろそろ、あっちの練習を開始してもいい頃《ころ》だな)

「あっ……くっ、ううっ……！　せ、先生のが……お、奥にあたって……」

娼婦《しょうふ》のように乱れるまどかを見つめながら、肉助は最後の一撃を彼女の奥深くへ送り込んで射精した。蜜壺の中で大量に弾《はじ》ける欲望の塊を感じたのか、まどかは背中を大きく仰《の》け反《ぞ》らせ、うっとりとした表情を浮かべて崩れ落ちていった。

万全を期すために何度か犯した末、肉助はようやくまどかに本格的な闇の新体操を教え込むことにした。

「と、戸黒先生……もう……限界です」

まどかは辛《つら》そうに言って、涙で潤んだ瞳を肉助に向けた。

「なんだ、もうお終《しま》いか？　この程度で音を上げていては大会に出られないだろう」

「で、でも……私……」

ロープで身体を拘束されたレオタード姿のまどかは、頬を赤く染め、荒い息を吐きながら訴えるように肉助を見つめてくる。

（まあ無理もないか……）

ここまでたどり着くのに時間を掛けすぎたのだ。

乳房や股間《こかん》を刺激するような拘束……いわゆる亀甲縛《きっこうしば》りにしたまどかを眺めながら、肉助はニヤリと笑みを浮かべた。フープ、ボール、クラブ、リボン……そして、ようやくまどかにマッチしたこの演技にたどり着いたのである。

肉助が覚えているだけでも、まどかはすでに五回は達しているはずだ。

「せめて……縄を弛めてください……」

「時間がないんだ。本番だと思って、気合いでなんとかしろっ」

「……うっ、あううっ……」

肉助に願いを一蹴《いっしゅう》されて、まどかは苦しそうに眉根《まゆね》を寄せた。

この優等生には、ロープで恥ずかしい格好に拘束された姿がよく似合う。特に苦痛に耐える様子は、他に例えようもないほど肉助の加虐心を満足させた。

（だが……まだなにか足りないな……）

問題は闇の新体操における観客へのアピールの方法だ。他の三人と比べると、なにかひとつ物足りないような気がするのだ。

「んっ……せ、先生……お願いが……」

「なんだ？」

「あ、あの……お手洗いに行かせてください……」

か細い声でそう言ったまどかの身体は、よく見るとブルブルと小刻みに震え始めていた。

ずっと我慢していたようだが、限界に近付いたために申し出てきたのだろう。

「小便か？」

「は、はぃ……も、漏れそうなんです……」

よほど切羽詰まっているらしい。普段の真面目《まじめ》でお堅い優等生然としたまどかなら、そんな直接的な言葉など決して口にはしないだろう。

「演技もできていないというのに、のんびりと便所など行かせるわけにはいかないな」

「そ、そんな……」

まどかはギュッと目をつぶったままだ。そんな苦痛に耐える姿を見つめているうちに、肉助は彼女のアピール方法を思いついた。

「だが……どうしてもというのであれば、行かせてやらんこともない」

「あ、ありがとうございます……はっ、くっ……は、早くロープを……」

まどかはわずかに緊張を弛《ゆる》ませ、安堵《あんど》の表情を浮かべる。

「だが、それはお前次第だな」

「私……次第？」

「ロープを解くのは、俺をイカせることができたら……だ」

「そ、そんな……んああっ」

肉助はそれ以上は問答無用と言わんばかりに、まどかのレオタードの端を捲り、肉棒を取り出して挿入した。彼女の蜜壺は二時間以上に亘《わた》る練習のせいで、すでに熱くドロドロになっていた。

「だ、だめ……先生っ……そんなことされたら……」

「漏らしちまうってか？」

「んっ……やめてっ……う、動かないで……!!」

まどかは苦しそうに呻《うめ》き声《ごえ》を上げた。

「だが、動かないとずっとこのままだぞ。それともなにか？　このままで俺をイカせる技でもあるのか？」

「あ、ありません……けどぉ……んあっ……ああっ」

「なら俺が動くしかないだろう」

肉助は弾みをつけて、まどかの下腹部を圧迫するようにズンズンと突き上げていった。

「あっ……くっ……あああっ」

まどかが漏らすまいと力む度に、彼女の膣は具合よく肉棒を締めつけてくる。

(くくっ……この表情を見せられたら、観客は総勃《そうだ》ちになっちまうぜ)

「あっ……くっ……あああっ」

「ほれほれ……頑張らないと、ここでお漏らしだぞ」

「はっ……んんっ……せ、先生……やめっ……」

まどかは涙を浮かべて肉助に哀願する。

その様子からすると、そろそろ本当に限界が近いのだろう。

「別に俺はなんとも思わないから、ドバッとやってすっきりしたらどうだ？」

「そ、そんなの……いやっ……はぁ……」

「我慢は身体によくないぞ」

肉棒に肉ヒダと熱くなった愛液が絡みつき、その刺激が全身に広がっていく。激しく腰を振りながら、肉助は極上の快楽を味わい続けた。

「あっ……んんっ……はあっ……くっ。お願い……許して……」

「許すとかそういうことじゃないだろう。お前が我慢しなきゃいいんだ」

「はぁ……と、戸黒先生……は、早く……もう我慢が……」

まどかの身体が小刻みに震え、蜜壺が肉棒をきつく締め上げてくる。その刺激をより深く味わうために、肉助は彼女を引き寄せると身体の奥深くまで貫いた。

「も、もうダメ……やっ……やあああっ」

「くっ……」

強烈な締めつけに、肉助が達して膣内に精子を放った瞬間。

「ああっ……み、見ないで……やあぁっ」

まどかの股間から、堰《せき》を切ったように黄金色の液体が溢《あふ》れ出してきて、肉助の身体をビッショリと濡らしていった。

第五章　若菜

……闇《やみ》の新体操の大会に参加できるだけの選手を育て上げる。

それを目的として、今まで何人もの女生徒を犯しては調教してきたが、別に肉助の女性観が根本的に歪《ゆが》んでいるというわけでない。確かに人より欲望が強い分、一方的に……しかも強引に肉の関係を結ぶことを躊躇《ためら》いはしなかった。

だが、それと同時に精神的な恋愛感情を大切にするが故《ゆえ》に、手を出すことのできない相手も存在するのである。

その相手のひとりが、同じ白河学園の新任教師――桜井若菜《さくらいわかば》であった。

物事に固執しないさっぱりとした性格の彼女は、まだ着任して三カ月程度にしかならないというのに、すでに女生徒たちから好かれる人気教師となっている。

本来の肉助なら、容姿に優れた若菜を単に性的な対象としてしか見なかっただろう。

しかし、職員室の中でも他《ほか》の教師から敬遠され孤立気味だった肉助に対し、若菜はなんの偏見も持たず、むしろ好意的に接してきたのだ。もしかすると、それが彼女の社交術だったのかもしれない。だが、肉助はその行為に対して好感を持ったのである。

――その日の昼休みもそうだった。

肉助は空腹を抱えたまま、職員室で無為の時を過ごしていた。別になにか理由があるわけではなく、単に食事をするための金がないのだ。

せめて腹の足しにと職員室にあったお茶をがぶ飲みしながら、肉助はカレンダーを見つめて溜《た》め息《いき》をつく。所持金は五千円程度。これで十日以上を過ごそうと思ったら、少なくともしばらくは昼食をとるような余裕はなかった。

それに給料日がきたとしても、借金や飲み屋のツケなどを支払ったら、肉助の手元には本来の三分の一ほどしか残らない。それではとても生活できないので、仕方なく再び借金を重ねる。悪循環だと自覚しながらも、肉助はこの無限ループから抜け出すことができないでいるのだ。

（あのお嬢《じょう》さん、本当に借金の肩代わりをしてくれるんだろうな……？）

肉助にみくを犯させる際、トモミは確かにそう約束をしていたが、あれ以来、借金に関する話は彼女の口からは出ていない。肉助の方も、闇の新体操部員を増やすことに熱中していたために確認を怠ったままであった。

（一度、催促してみるか……）

トモミがその場しのぎで適当なことを言ったのだとしたら、肉助もそれなりの手段を取らなければならない。いくら闇の新体操部を設立するという目的で合致しているとはいえ、あれから彼女の依頼通りにユウやまどかまで犯しているのだ。

ことがここまで進んでいる以上、もはや冗談では済まないのである。

……しかし、当面の問題はこの空腹をどうするかということであった。

「あの、戸黒先生」

「ああんっ⁉」

不意に背後から声を掛けられた肉助は、空腹のイライラ感もあってぞんざいな返事と共に振り返る。そこには……戸惑うような表情を浮かべる若菜がいた。

「あの、お邪魔ですか？」

「い、いえ……若菜先生。そんなことはないですよ」

肉助は慌てて笑顔を浮かべ、自分でも気味が悪いほど声を和らげた。

「でも……」

「いや、本当に。そ、それで俺《おれ》に……いや、私《わたし》になにかご用ですか？」

精一杯穏やかな口調で尋ねた肉助に、若菜はそっと小さな包みを差し出した。

「あの……よろしかったら、このお弁当……食べていただけませんか？」

「お弁当って……若菜先生が作ったんですか？」

差し出された包みと若菜を交互に見比べると、彼女ははにかんだような笑みを浮かべた。

「ええ、お口に合うかどうか分かりませんけど……」

「ぜ、ぜひっ‼」

肉助はふたつ返事で頷《うなず》いた。

ただでさえ空腹感を持て余していたのだ。そこへかねてより好意を寄せている若菜から、手作り弁当を食べてくれという申し出なのだ。これを断る理由などまったくない。

（ああっ……夢じゃないだろうか）

肉助は若菜から弁当を受け取りながら、めずらしく純真な妄想を抱いた。

少なくとも嫌う相手に手作り弁当など渡しはしない。もしかすると、若菜は自分に対して単なる好意以上の想《おも》いを抱いているのではないだろうか……と。

思わず暴走してしまいそうになる妄想を頭から振り払い、肉助は若菜に礼を言ってその場から離れようとした。自分しか使っていない体育教官室で、ひとりしみじみと食べようと思ったのだが……。

「戸黒先生、よろしかったらご一緒しませんか？」

「はっ？　もしかして……わ、私と若菜先生が一緒にメシを食べるってことですか？」

「ええ、ご迷惑でなければ」

「は、はい……ご一緒しましょうっ!!」

夢のような出来事に、肉助は声を裏返して答えた。

ずっと密《ひそ》かに憧《あこが》れ続けていた若菜と昼食……しかも、食べるのは彼女の手作り弁当だ。

（ま、まるで恋人みたいじゃねえか……）

職員室の席に並んで腰掛け、肉助は至福の昼食を味わうことになった。

どうかこれが、これからもずっと続きますように……と願いながら。

だが――。

肉助の願いと幸せな妄想は、その翌日に打ち砕かれることになった。

さすがに翌日も弁当を作ってきてくれと言えなかった肉助は、やはり昼休みに空腹のまま校内を彷徨《さまよ》っていた。親しい女生徒でもいれば弁当を分けてもらうところだが、生憎《あいにく》とそんな者はひとりとしていない。

みくやまどかあたりに命令すれば作ってくるかもしれないが、それではあまりにも惨めなような気がする。肉助は決してプライドのない男ではないのだ。

空腹感を紛らわせるために中庭へとやってきた肉助は、そこで偶然にも若菜の姿を見つけた。彼女ひとりだけなら声を掛けるところだが、どうやら女生徒たち数人と一緒に昼食中のようである。仕方なく引き返そうとした時、若菜たちの会話の声が聞こえてきて、肉助は思わず足を止めた。

「先生のお弁当美味《おい》しそう」

「あら、あなたのだって美味しそうよ」

若菜たちは、中庭の芝生に輪になって座っている。

その近くにある茂みに身を伏せ、肉助はそっと会話に聞き入った。

「先生はお弁当を自分で作ってるんですか？」

「ええ、あなたたちも、たまには自分で作ってみたら？」

「だってねぇ」

「若菜先生みたいに、食べてくれる人がいれば考えるんですけどねぇ」

女生徒たちは顔を見合わせて、意味ありげな笑みを交わしている。

(食べてくれる相手って……もしかして俺のことか？)

肉助は、思わず身を乗り出した。

「大人《おとな》をからかうんじゃないの」

女生徒の言葉に、若菜は照れたような笑みを浮かべている。どうやらその相手とのことは、若菜と親しい女生徒たちの間では当然のように語られているようだ。

「別にからかってなんかいませんよぉ。……それで、彼は先生のお弁当のことをなんて言ってるんですか？」

「若菜……君の作るものはなんでも旨《うま》いよ、なんて言われてるんでしょう」

突っ込んだ女生徒の質問に、若菜は誤魔化《ごまか》すわけでもなく、

「う、うん……まあね」

と、わずかに頬《ほお》を染めて頷いた。

「キャア‼　ラブラブッ‼」

「もう、やめてよ……」

騒ぎ立てる女生徒たちを、若菜は慌てて制止した。

（やはり……相手というのは俺のことか？）

密かに話を聞いていた肉助は、思わずぐびりと喉《のど》を鳴らした。昨日、弁当を食べた時に若菜に感想を訊《き》かれ、まさに同じような台詞《せりふ》を口にしていたのである。

だが――。

「でも、若菜先生も来月には結婚かぁ」

「仕事は続けるんですよね？」

「ええ、彼もいいって言ってくれてるし、私もこの仕事好きだからね」

（結婚……それも来月だと？）

ここまで聞けば、話に出てくる相手が自分でないということに気付かざるを得ない。弁当を食べてもらったというノロケ話ならともかく、結婚という話となれば当人が知らぬはずがないのだから……。

「幼なじみと結婚かぁ……私のまわりにはろくなのいないからなぁ」

女生徒のひとりがぼやくように言った。

「確か……彼には一緒になるバス停で渡してるんですよね。でも、それだと渡せない時もあるでしょう。そういう時はどうしてるんですか？」

「今の季節はもったいないけど……捨てるしかないわね」

若菜はそう言って苦笑した。

「本当にもったいない」

「あ、でも……昨日は戸黒先生が食べてくれたわ」

「ええっ⁉　肉助にあげたの？」

「そっちの方がもったいないよぉ」

女生徒たちは一斉に顔をしかめた。

「こら、あなたたち。そんなこと言ったら戸黒先生に失礼でしょ」

「でもぉ……あの先生はねぇ」

「戸黒先生だって、あなたたちのことを色々と考えてくれているのよ」

若菜のフォローの言葉を聞きながら、肉助はそっとその場から離れた。

確かに彼女は肉助に対して好意を持っているようだが、それはあくまでも同僚としてのものであって、ひとりの男としては欠片《かけら》も意識していないらしい。

でなければ、余った弁当を手渡したりはしないだろう。

（つまり……あれか。俺はただの残飯処理係ってことか？）

普通なら「ふざけるなっ」と怒鳴り声のひとつも上げるところだが、相手が若菜ではそんな気にもなれない。少なからずショックを受けた肉助が、ふらふらと中庭から校舎へと戻ってくると、ちょうど昼休みの終了を告げるチャイムが響いてくる。

……もう、空腹感などなくなっていた。

放課後――。

肉助はいつものように、闇の新体操選手として相応《ふさわ》しい女生徒を捜すべく、校内をうろつきまわっていた。若菜の件は確かに肉助に衝撃を与えたが、それほど彼女に執着していたわけではなかったので、気持ちを切り替えるだけの余裕はあった。

ただ、残念であったことは間違いない。

彼女に限らず、自分を本気で好きでいてくれる相手がいたとしたら、こんな歪んだ形で欲望を発散させることはしなかったかもしれない……と。

(ま、それも予測でしかないがな)

肉助は自分の考えに苦笑した。たとえ恋人がいたとしても、その行動は変わらない可能性の方が高いのだから。

……あてもなく歩きまわった末に、肉助はいつものように体育館にたどり着いた。やはり、闇とはいえ新体操選手を捜すならここしかない。すでに四人を確保しているが、できるなら後ひとりくらいは欲しいところだ。

めぼしい者を捜して新体操部が練習しているあたりに移動すると――。

「おっ……!?」

女生徒の中に交じって、白いレオタードに身を包んだ若菜の姿を見つけた。

（そうか……確か若菜先生は新体操部の顧問だったな）

毎日のように監督にきているわけではないらしいが、以前にも何度か体育館で見かけたことがある。しかし、彼女自らレオタード姿で練習に参加しているなど初めてのことだ。

そういえば若菜が赴任してきた当時、彼女は学生時代に新体操のジュニア選手権のチャンピオンだったと聞いた覚えがある。

（こいつは立ち寄った甲斐《かい》があったぜ……）

偶然とはいえ、まさか若菜が演技をしているところを見物できるとは思わなかった。

女生徒たちに交じると確かに年齢差を感じるが、その白くて艶《つや》やかな肌は決して負けてはいない。むしろまわりの女生徒が未成熟な分、彼女の身体《からだ》のラインはいっそう魅力的なものに見える。

肉助が心を躍《おど》らせて若菜が演技を始めるのを待っていると、どこかで聞いたことのある甲高《かんだか》い声が響いてきた。

「あたしの演技のどこがおかしいっていうのよ⁉」

「おかしいっていってるわけじゃなくて……もっと、ひとつひとつの動きを丁寧にした方がいいって言ってるのよ」

「全部変だっていうわけ？」

「だから、そうじゃなくて……」

声の方に視線を向けると、想像通りトモミが若菜に突っかかっているところだ。

(やれやれ……あのお嬢さんも相変わらずだな)

会話の内容からなにを揉《も》めているのか大体の想像はつく。せめて顧問の言うことくらい素直に聞いておけばいいものを……と、肉助は苦笑した。

「白河さんはよくやっていると思うわ」

「あたりまえでしょ」

若菜の言葉に、トモミはさも当然という表情を浮かべている。

「だからね、もっと努力してほしいの。あなたの実力なら、今度の大会で入賞……ううん、優勝だって可能なのよ。そのために……」

「……あたし、なんか疲れちゃった」

「白河さんっ」

「休憩してもいいですよね?」

若菜が懸命に話をしているというのに、トモミは勝手にその場から離れて行く。

なにか言いたげではあったが、若菜は仕方なく口を閉ざした。特別扱いするつもりはなくても、やはり理事長の孫娘にはキツイ言葉は浴びせにくいのだろう。

トモミはタオルを手にすると、不満気な表情を浮かべたまま肉助の方へと歩いてきた。

「随分と派手にやってたな」

肉助が声を掛けると、トモミはようやく気付いたかのように顔を上げる。

「あら、肉助。……見てたの？」

「まあな。あんまり若菜先生を困らせるんじゃねえよ」

「なによっ、アンタもあの女の味方をするつもり⁉」

肉助の言葉に、トモミはキッと眉《まゆ》を吊《つ》り上げた。

「ちょっときなさいよっ」

「お、おい……俺はこれから……」

若菜先生の演技を見るんだ、という言葉を口にする前に、肉助はトモミに腕を引っ張られ、体育館の外へと連れ出された。


裏庭まできた途端。

「アンタも見てたなら分かるでしょ？　あの女、最近うるさいのよ。あたしの華麗な演技に文句をつけるなんて、何様のつもりなのよっ‼」

トモミはたまっていた鬱憤《うっぷん》を晴らすかのように、立て続けに若菜の悪口を並べ立てた。

本人に対して結構言いたいことを言っているように見えたが、あれでも彼女にすれば我慢していた方なのだろう。

「ああっ！　思い出すだけでもムカムカする……ちょっと聞いてるの⁉」

「へいへい、聞いてますよ」

肉助は曖昧《あいまい》に頷いてみせたが、もちろんそれは表面上のことだ。実際には右から左へと聞き流している。とてもではないが、トモミの愚痴《ぐち》につき合ってなどいられない。

相手がトモミでなければ、とっくにこの場から立ち去っているところだ。

「まったく……結婚が決まってから特にうるさいのよね、あの女」

「結婚？」

トモミの言葉の中に気になる単語を聞き止め、肉助は思わず顔を上げた。

「だから浮かれていい気になってるのよ。……もうっ！　あたしはこの怒りをどこにぶつけたらいいのよっ」

「…………………」

どうやら若菜の結婚話は、女生徒たちの中でもかなり広まってるらしい。

(知らなかったのは俺だけだったようだな……)

ほんの一時とはいえ、若菜との恋人気分を味わったことがあるだけに、肉助はなんだか感傷的な気分になった。

「ウエディングドレスに悪戯《いたずら》でもしてやろうかな」

肉助の心情などまったく気付く様子もなく、トモミはまだ若菜に対する怒りを持て余しているらしい。相変わらず、執念深く復讐《ふくしゅう》を目論《もくろ》んでいるようだ。

「どうしてそんなことができるんだ？」

「あの女のドレス……知り合いの店で仕立てるのよ」

肉助が訊くと、トモミはこともなげに言った。

この街の企業や商店のほとんどが、白河家の影響下にあるのは間違いないが……。

「だからって、それはちょっと無理なんじゃないか」

「なによっ!!　あたしに不可能なんて……」

そこまで言って、トモミはふとなにかを企《たくら》むような表情になる。そんな表情を浮かべた時の彼女がろくでもないことを考えているのは、今までの経験から肉助にも分かった。

「肉助……あの女を犯しなさい」

案の定、トモミの思考はいつものように過激なところへとたどり着いたようだ。

自分が女であるにもかかわらず、簡単に「犯せ」という言葉を口にできる彼女の精神が理解できない。強姦《ごうかん》がどれほど女性に深い傷を残すのか、この世間知らずで無知なお嬢さんには想像ができないようであった。

「ゴメンだな、俺はあの人にそんなことはできない」

「……なんでよ？」

「あの人は俺の天使……女神様だ」

「ぷぷっ。なに言ってるのよ」

まるで趣味の悪い冗談を聞いたように、トモミは皮肉気な笑みを浮かべる。

「今まで散々に女生徒を犯しておいて、今更できないなんて言わせないわよ。大体、あの女が結婚した後、肉のことを相手にするとでも思ってるの？」

「結婚なんかさせねえっ!!」

トモミの言葉につられ、肉助は思わず叫んでいた。

「だったら、犯《や》っちゃえばいいじゃない。それに、あの女なら闇の新体操のコーチにすることができるでしょう。結婚もやめさせられて一石二鳥ってわけよ」

トモミの言葉が、まるで悪魔の囁《ささや》きのようにとても魅惑的に聞こえた。

若菜と協力して、闇の新体操界のトップに上りつめる。

(確かに……それも悪くはないな)

どんな女性でも力尽《ちからず》くで自分のものにしてきたというのに、何故《なぜ》、今回に限ってこんなにも消極的だったのだろう。別にトモミに乗せられたというわけではないが、肉助はめずらしく弱気になっていた自分を叱咤《しった》するように覚悟を決めた。

「だが……どうするつもりなんだ？」

「ウエディングドレスの試着よ。そう言って、あの女を呼び出すのよ……」

肉助が質問すると、トモミはにやりと笑みを浮かべて計画を説明し始めた。

数日後の放課後——。

肉助はトモミに指示された通り、校舎の外れにある空き教室へとやってきた。この中で、若菜はウエディングドレスを合わせてみているという。

一体どうやって学校で試着させることに成功したのか知らないが、トモミの行動力もたいしたものだ。たとえその動機が自己中心的な恨みであったとしても……。

（しかし……本当に犯ってしまってもいいんだろうか？）

肉助は教室のドアの取っ手に掛けた手を止め、しばらくそのままの体勢で考え込んだ。

一度は若菜を犯すと決意したものの、いざこうして実行段階になると、どうしても躊躇いが生じてしまう。彼女に対する純粋な気持ちと欲望とが、肉助の中で激しく葛藤《かっとう》を繰り返すのだ。

（とりあえず、若菜先生のウエディングドレス姿を見てから決めるか……）

どうしても迷いを断ち切ることのできない肉助は、決断を先延ばしにして、そっと教室のドアを開ける。途端、視界には純白のドレスを着た若菜の姿が飛び込んできた。

「おお……」

「えっ⁉」

突然教室に入ってきた肉助に、若菜は戸惑うような表情を向けた。鍵《かぎ》も掛けていなかったところをみると、こんな時間に誰《だれ》かがやってくるとは想像もしなかったのだろう。

「と、戸黒先生……あの……すいません。私用で教室を使ってしまって……」

若菜は動揺したように、業者がいきなり学校での試着を申し出てきたことや、ドレスだけを手渡して戻ってこないことなどを肉助に説明し始めた。だが、それがトモミの企みであるとすでに知っている以上、どうでもいいことであった。

それよりも、肉助の関心は若菜自身に向いていたのである。

(美しすぎる……)

若菜のウエディングドレス姿を想像はしていたものの、ここまで美しいとは思ってもみなかった。その華麗で艶《あで》やかな姿を見つめていると、それまで抑《おさ》え込《こ》んでいた想いや欲望が一気に噴き出してくるようである。

同時に、顔も知らぬ男に対する嫉妬《しっと》の心も……。

(そんな男に渡すくらいなら……いっそここで!!)

若菜の美しい姿は、肉助の中で均衡を保っていた迷いに決断を与えた。

「すぐ済ませますから……本当にすいません」

「……いや、別に急がなくてもいいですよ」

「でも……先生、この教室をお使いになるのでは?」

そうでなければ一体なにをしにきたのか……という顔だ。

この教室は普段から使用されていない空き教室である。それも校舎の外れにあるために、なにか特別な用事がない限り、通りかかることすらないだろう。

「それ、似合ってますよ」

若菜の質問に答えず、肉助はジッと彼女を見つめたまま感想らしき言葉を口にした。

「え……あ、あの……ありがとうございます」

「結婚……するんですよね？」

「は、はい……。あ、でも仕事は辞《や》めませんから、これからもよろしくお願い……」

若菜がそこまで言った時、肉助は後ろ手でドアの鍵を掛けた。

カシャン!!と鈍い金属音が教室内に響く。

肉助がゆっくりと近付いて行くと、さすがに様子がおかしいことに気付いたのか、若菜は不安げな表情を浮かべた。

「と、戸黒先生……冗談……ですよね？」

「…………」

若菜の質問に、肉助は沈黙をもって答える。その様子を見て、彼女は漠然と感じ始めていた不安感が本物であったことを悟ったようだ。

肉助がなにをしようとしているのかを……。

「や、やめてください……人を呼びますよっ」

「そんなことはさせねえ」

肉助は若菜の細い腕を掴《つか》み、力尽くで引き寄せた。

「あっ、いやっ」

若菜は肉助の手を払いのけようとした。だが、肉助は逆に彼女の華奢《きゃしゃ》な身体を力いっぱい抱きしめると、そのまま床へと押し倒していった。


「や、やだ……やめて……許してくださいっ」

若菜がパニック状態で身体を硬くしているのをいいことに、肉助は欲望の赴くまま、ウエディングドレスを引き裂いていった。まるでそれが婚約者から若菜を奪い取る行為であるかのように思え、肉助の手にはいっそうの力が加わった。

「くくくっ、若菜先生……綺麗《きれい》だぜ」

ドレスの下から現れた若菜の裸体は、肉助が想像していたよりもずっと素晴らしいものであった。やはり、今まで犯してきた女生徒たちとは熟《う》れ具合が違う。これが成熟した大人の女性の身体なのだ。

「さ、触らないでッ」

若菜の言葉を無視して、肉助は乳房に手のひらを這《は》わせた。

ちょうど手のひらサイズで、大きすぎもせず小さすぎもしない。形もよく、肌のきめ細やかさも素晴らしいものだ。ゆっくりと揉み込んでいくと、まるで手のひらに吸いついてくるかのようである。

「あっ……や、やめてくださいっ」

「極上だよ、若菜先生」

肉助はそう答えて、再び若菜の乳房の感触を楽しみ始めた。

「はぁ……はぁ……ど、どうして……こんなことを……いつもの先生に戻ってくださいっ」

若菜は身をよじりながら、訴えるような目で肉助を見つめてくる。

（いつもの俺ねぇ……くくくっ。これがいつもの姿なんだがな）

ずっと憧れていた若菜の願いなのだ。叶《かな》えてやりたいという気持ちはあったが、ここで止めることなどできそうにない。あれだけ迷っていたのがまるで嘘《うそ》のように吹っ切れ、今はひたすら彼女を自分のものにするという欲望に取《と》り憑《つ》かれているのだから……。

（それに、この硬く勃起《ぼっき》した乳首……まるで舐《な》めてくれ

といわんばかりじゃないか）

肉助は彼女の言葉よりも、身体の意見を採用することにした。

「あっ!?　な、なにを……」

胸に顔を寄せていった肉助を見て、若菜は顔を引きつらせる。硬く尖《とが》った乳首を唇で軽く噛《か》んだだけで、しなやかな肢体《したい》が電気を帯びたように跳ね上がった。

「や、やめてっ……あああっ!!」

「くくくっ、極上の味わいだぜ。若菜先生」

「ふぁっ……くっ……や、やめて……んんっ」

舌で転がすように乳首を舐めまわすと、若菜の反応はすぐに変化した。吐息は次第に切なそうなものへと変わり、悩ましげに身体を揺すり始める。

どうやら、随分と感じやすい体質のようだ。

「口ではヤメテなんて言ってるけど……こっちはどうかな」

「えっ!?」

肉助はショーツの端に指を掛けて、一気に膝《ひざ》まで引きずり下ろした。

「きゃあああっ!!」

「ほほう……これはこれは……」

案の定、秘密の花園は愛液にまみれている。今すぐにでも男を受け入れることが可能だといわんばかりに、そこには大量の雫《しずく》が溢《あふ》れていた。

(これではこのままやめる方が酷というものだな)

肉助は下半身を露出させると、硬くいきり勃《た》った肉棒を若菜に見せつけた。

「い、いやあぁっ……それだけはっ!!」

肉助が両足の間に割って入ると、若菜は最後の砦《とりで》だけは守ろうと、必死になって身体をよじらせた。

「お願いですっ、それだけは許してくださいっ」

「これだけはさせてくださいっ……て、とこですがね、俺は」

「わ、私……結婚できなくなってしまいます」

若菜の言葉に、肉助はピクリと眉を吊り上げた。

(今時、綺麗な身体のままでなければ結婚もできないってか?)

だとしたら、肉助にとってはますます都合がいいというものだ。そんなことを聞いたら、止めようと思っても止められなくなってしまう。

「あぁっ……や、やだ……」

割れ目に肉棒を押し当てると、若菜は瞳《ひとみ》に涙を浮かべた。

どれほど哀願されようが、これをこのまま突っこめば若菜は自分のものになる。その魅惑に逆らうことなど、肉助にはできなかった。

今にも爆発しそうなモノで、一気に若菜を貫いた。

「うっ……あああっ!!　……い、いやあああっ!!」

充分に濡《ぬ》れていたせいもあって、肉棒はスムーズに若菜の奥深くにまで到達した。結合部からは、彼女が純潔を失ったという証拠が愛液と共に流れ出している。

「ぬ、抜いてぇ……こんなのダメェ!!」

「くくくっ、もう遅いですなぁ」

「あああ……か、克巳さん……ごめんなさい……」

若菜は譫言《うわごと》のように、知らぬ男の名前を口にした。

どうやら、その克巳というのが噂《うわさ》の彼氏なのだろう。だが、この時点で彼女は克巳という男のものではなく、肉助のものになったのである。

(ケッ……そんな女みたいな名前の奴《やつ》に、若菜を渡してなるものかよっ)

見たことのない男に対する嫉妬と、憧れの女神をものにしたという高揚感が合わさって、肉助の欲望はいつもよりも激しく燃え上がった。

「ああ……あぐっ……動かないで……」

若菜は端正な顔を苦痛に歪めて哀願したが、サディスティックな加虐心に取り憑かれた肉助は、容赦なく彼女の膣《ちつ》を肉棒によって蹂躙《じゅうりん》していく。

「んあっ……こ、壊れちゃう!!　助けて……克巳さん……あああっ……」

「そいつのことは忘れな。今日から若菜先生は俺のものなんだからよ」

悲しげな若菜の言葉を無視して、肉助は渾身《こんしん》の力で彼女を突き上げた。

痺《しび》れるような感覚が全身を駆け抜けていく中で、最後の一滴まで注ぎ込むべく、肉助は若菜の子宮の側《そば》で精を放出していった。


今までの女生徒たちと違って、若菜には単純な脅しは通用しない。

犯されたこと自体は屈辱的な出来事であったとしても、それを理由に肉助の意のままになってしまうほど若菜は子供ではないのだ。

現に、彼女を犯した翌日——。

「あんなことされて……先生もお分かりになるでしょう？　もう、戸黒先生とは二度と顔を合わせたくないんです」

若菜は毅然《きぜん》とした態度で、肉助にそう言い放った。

「あの人……克巳さんは事情を話せばきっと分かってくれます。ですから、あのことを公にするつもりはありませんが、私には二度と近付かないでください」

騒ぎ立てれば、肉助を断罪できる代わりに若菜の方も傷つく。ならば、肉助の行為は不問に付して、なにもなかったことにした方がいいということなのだろう。

懸命な判断ではあるが、それでは彼女を無理やりに犯した意味がない。肉助の目的は若菜の処女を奪うことではなく、彼女を永遠に自分のものにすることなのだ。

「昨日の一部始終を撮影していた……と言ったらどうする？」

「……えっ⁉　そ、そんな……」

肉助の言葉に、若菜は途端に表情を凍らせた。

無論、ハッタリではあったが効果は充分にあったようだ。若菜はあの時の肉助の行動を全て把握していたわけではないのだから……。

一度だけの凌辱《りょうじょく》なら目を瞑《つむ》ることもできるが、そんなものが存在しているとなれば話も変わってくる。若菜は青ざめた顔で肉助を見つめてきた。

「そ、そのテープは……」

「くくくっ……あちこちにばらまいてもいいんだぜ」

「や、やめてくださいっ‼」

若菜は悲鳴のような声を上げた。

「だったら、これから俺の言うことを素直に聞くこったな」

「と、戸黒先生……」

そんな人だったなんて……とでもいうように、若菜はゆっくりと首を振る。

どう思われようが、もはや肉助にはどうでもよかった。彼女を完全に自分のものにするためにはなんでもするつもりであった。

そのためには、まず若菜の中で大きな存在である克巳とかいう婚約者を、彼女の心から追い払ってしまわなければならない。

存在しない凌辱シーンを収めたテープと引き替えに、肉助は若菜にあることを命じた。


夜の公園――。

学園の近くにある緑地公園だが、日が暮れると多くのカップルが集まってくるので有名な場所だ。まだ午後七時をまわったところだが、すでに何組もの恋人たちが寄り添うようにあちこちを歩いている。

「あの……お待たせしました」

公園のベンチに座ってカップルを眺めていた肉助は、近くから聞こえてきた声の方を振り返る。そこにはセーラー服を着た若菜の姿があった。

「ほう……似合ってるぞ、若菜」

学生時代の制服を着て公園にくるよう若菜に命じておいたのだが、どうやらちゃんと言いつけを守ったようだ。

「現役の奴よりも似合ってるんじゃねえか？」

「そんな……彼女たちに比べたら……」

若菜は満更でもない表情を浮かべて顔を伏せた。

確かに学園の女生徒たちと比べたら、顔が大人びている分だけ多少の違和感を感じるが、それを補ってあまりある色気が全身から発散されている。

そのアンバランスさが、肉助の情欲を激しく掻《か》きたてていった。

「さて、ではその姿でいただくとするかな」

肉助は若菜の手を掴んで、座っていたベンチの上に引き寄せた。

「あっ、先生……こんな所でっ!?」

ビデオテープと引き替えに、再び犯されることは覚悟していたのだろう。だが、まさかこんな公園の中でとは想像していなかったようだ。ベンチに伏せるような形になった若菜は、動揺したように顔を上げた。

「そ、それに……私には克巳さんが……」

「まだ言ってるのか？　そんな奴のことは忘れさせてやる」

肉助は若菜の背後にまわり込むと、セーラー服のスカートを捲《まく》り上げた。

やはり婚約者の存在を忘れさせるには、今までの女生徒たちと同じように、何度も犯して性の悦《よろこ》びを身体に刻み込んでやるしかないようだ。

たとえ心が拒否しても、身体が肉助を求めるようになるまで……。

幸いというか、若菜自身は気付いていないようだが、彼女はかなり感じやすい身体を持っている。その体質をうまく使えば、若菜を虜《とりこ》にするのは難しいことではないだろう。

「あの……せめて、場所だけでも他の所に……もし、誰かに見られたら」

「適度なスリルがあっていいだろう」

肉助はくくっと喉を鳴らすようにして笑うと、若菜の胸に手を伸ばし、服の上から柔らかな乳房を揉み始めた。

感じさせてしまえば、場所などすぐに気にならなくなる。

「ああっ……こ、ここじゃ……イヤですっ」

「その割には、反応が早いじゃねぇか」

若菜のセーラー服を捲《めく》り上げて乳房を露出させる。膨らみの頂点では、すでに硬く尖った乳首が肉助の指や舌を待ちこがれるように揺れていた。

(くくくっ……こりゃ、調教も楽でいいぜ)

肉助が手のひらや指を使って胸を念入りに愛撫《あいぶ》していくと、たちまち若菜の反応が変化してくる。頬を上気させ、肉助に制止を促す言葉にも力がなくなっていく。

(これだけ反応しているということは、下もそろそろ……)

目の前で揺れている若菜の尻《しり》に手を伸ばすと、肉助は指先だけを使ってくるくるとショーツを丸めるように引き下ろしていった。

「あっ⁉　……ダ、ダメ……脱がさないでッ」

自分でも濡れているのが分かるのだろう。若菜は慌てて腰を振ったが、すでに大量の愛液を溢れさせている股間《こかん》は丸見えの状態だ。

「嫌がっていたくせに大洪水だな……」

「ああっ……い、言わないでッ」

若菜は両手で朱に染まった顔を覆った。

なんだかんだと言っても、彼女もこの状況に感じていたらしい。

いい傾向だ……と、肉助はほくそ笑んで若菜を見つめた。

他人に見られて感じるというのは、闇の新体操には重要な要素。その能力はキッチリと伸ばしてやらねばなるまい。肉助は若菜を自分のものにするだけではなく、闇の新体操のコーチにするという目的も忘れてはいなかった。

「あっ……アアッ……先生、だめっ！　触らないでっ‼」

肉助が蜜壺《みつつぼ》に指で触れると、若菜は背中を仰《の》け反《ぞ》らせて声を上げた。もはやわずかな刺激を受けるだけでも感じてしまうのだろう。

「確かにこれだけ濡れてりゃ、触らなくてもいいかもな」

「戸黒先生……ま、まさか……」

肉助がなにを考えているのか分かるらしい。若菜は脅《おび》えたような表情を浮かべ、背後でズボンの前を弛める肉助を振り返った。

「まさかっていうのは、こういうことだろ？」

肉棒を取り出した肉助は、若菜の蜜壺に狙いを定めて最奥まで一気に突き入れた。

「はあああああっ！」

「おいおい、そんなに大きな声を出していいのか？」

人気のあまりない場所——しかも夜とはいえ、ここは公園の中なのだ。誰が通りかかっても不思議ではない。肉助の指摘に、若菜は慌てて手で自分の口を押さえた。

だが、彼女の身体の方はこの状況に興奮しているらしい。前回よりも大量の愛液が溢れ、繋《つな》ぎ目《め》を伝って肉助の股間をべっとりと濡らしていた。

「くくっ……出歯亀どもが寄ってくるぞ」

「やっ……せ、先生……やめて……」

「お前が大声出さなきゃいいんだよ」

肉助はそう言い捨てて、ゆっくりと腰を動かし始めた。

「そ、そんな……あっ……んああっ‼」

「なんだ、見られたいのか？」

「くっ……」

若菜はギュッと唇を噛みしめる。

いつまでもつのかは疑問だが、なんとか声を上げないように耐えるつもりなのだろう。

(それでは面白くないいんだよなぁ……くくっ)

肉助は腰を揺らしながら、若菜に見える位置にある茂みの方を指さした。

「若菜、あそこから誰かが覗《のぞ》いてるぞ」

「う、うそっ……!!」

若菜がハッと顔を上げた途端、急に締めつけがきつくなった。誰かに見られている、という状況は、彼女の意志とは裏腹に興奮を掻きたてる要素らしい。

「知らない奴ならいいが、知り合いだったらどうするよ？」

「ああっ……そ、そんなこと言わないでっ……」

「くくっ、もしかすると克巳君だったりしてな」

「そ、そんなのダメッ……!!」

言葉で嬲《なぶ》る度に柔らかな秘肉が肉棒にまといつき、締めつけは一段ときつくなる。それに促されるように、肉助も徐々にピッチを上げていった。

「あいつに教えてやれよ、お前はもう俺のものだってなっ」

「ああっ……こ、こんなの……いやああっ」

若菜は肉助の言葉を否定するように大きく首を振るが、下半身はまるで別の生き物のように肉棒を求め続け、大量の愛液を溢れさせ続けている。

「よしっ、彼氏の前で俺のを注ぎ込んでやるよ」

肉助の言葉に反応し、若菜の内部は精子を求めるかのように絡みついてくる。

「ああっ……克巳さん……許して……私っ、もう……」

もはや若菜は自分の意志で欲情する身体を制御できないらしい。婚約者の名前を口にしながらも、肉助の行動を制止しようとはしなかった。

「お望みのものをくれてやるぜっ」

「んあああっ‼」

小刻みに腰を動かして肉棒を根元まで埋め込むと、肉助はありったけの精を若菜の中に吐き出していった。


(若菜を服従させるには時間が必要だろう……)

そう考えていた肉助は、あれから数度犯しただけで、すっかり奴隷化《どれいか》してしまった彼女に少し拍子抜けした思いだった。彼女自身は気付いていないようだが、たぶん並外れて好色な資質を持っていたせいだろう。

最近では婚約者の名前などまったく口にしなくなっているし、肉助が語って聞かせた闇の新体操にも、積極的に取り組む姿勢を見せていた。

自分の淫《みだ》らな姿を審査員や観客の前で披露《ひろう》する。

考えようによっては、これほど若菜を魅了するものは他にないかもしれない。

深夜――。

他の女生徒が帰宅してしまった後、若菜に対する闇の新体操の特訓が行われている。

だが、新体操では名を馳《は》せただけのことはあって、彼女は肉助の要求するどんな難易度の高い演技もあっという間にこなしてしまうのだ。

「俺がいいと言うまでボールを落とすんじゃねえぞ」

「はい……分かりました」

今夜のメニューは、俯《うつぶ》せになった状態のまま、身体を仰け反らせるようにして手足を使い、ボールを維持するというものだ。それ自体がかなり淫らなポーズだが、闇

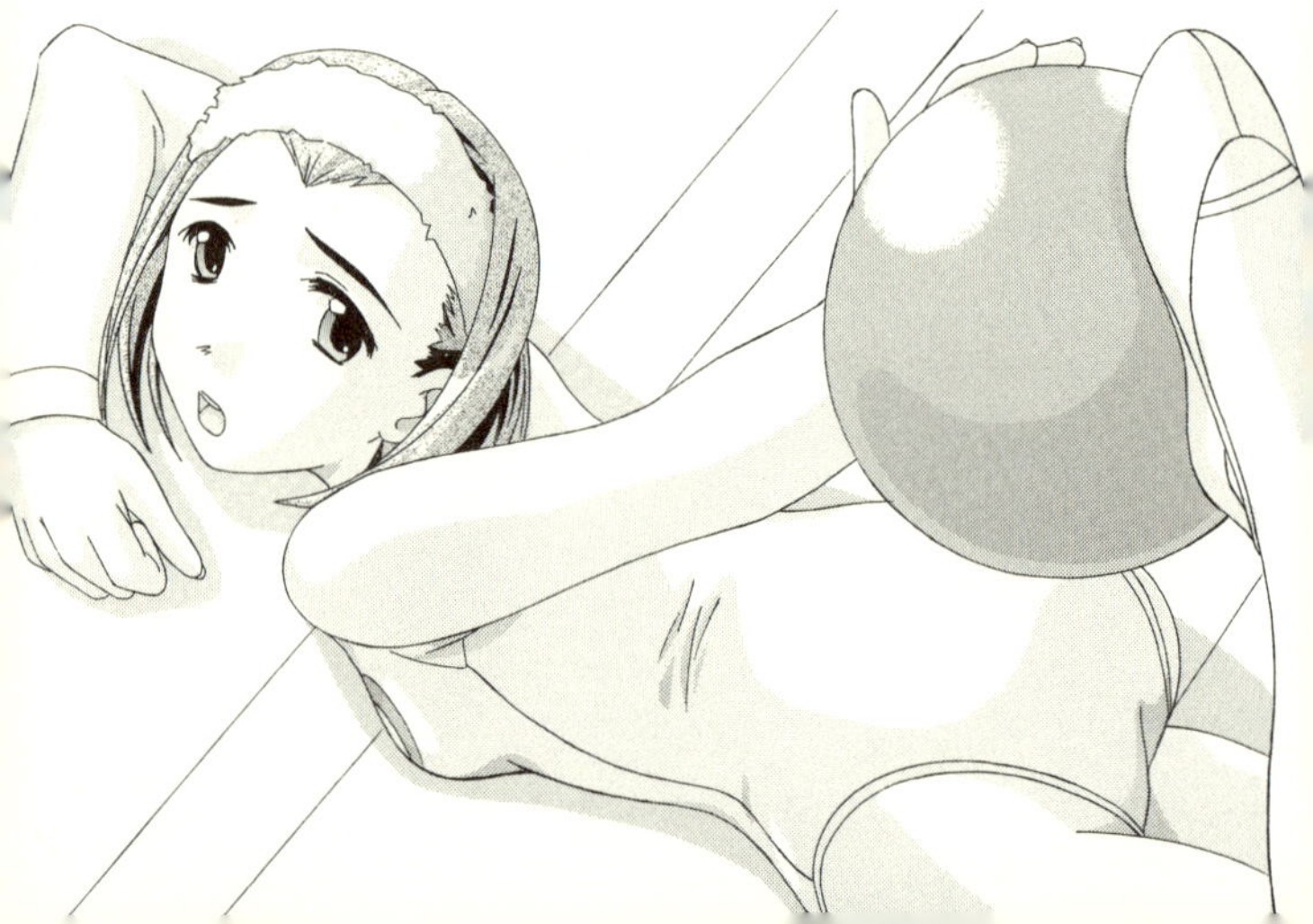

の新体操であるからには、もっとアピールできる方法を考えなければならない。

結局、このポーズのままイクまで耐えるという演技にしたのだが、若菜が動けない以上、肉助が協力せざるを得なかった。

「では、さっそくおっぱいを……」

「あっ……と、戸黒先生……」

すでに若菜の身体は、乳房を揉まれるだけでも充分に感じるほどになっている。揉み始めて数分も経《た》たないうちに、レオタードの股間はじっとりと愛液で濡れ始めた。

「よし、ボールを落とさないようにしていろよ」

「えっ……あの、こんな格好で？」

肉助がジャージを下ろして肉棒を取り出すのを見て、若菜は驚いたような表情を浮かべたが、嫌がっている様子は微塵《みじん》もない。むしろ、期待に満ちているかのようだ。

「うっ……あっ……あああっ……」

レオタードの股間部分の布を捲って背後から肉棒を挿入《そうにゅう》していくと、若菜は感極まった声を上げげた。ボールを維持したままという条件つきだが、かえってその制限が彼女を興奮させているかのようであった。

(感度もよくなっている。順調に成長しているようだ……)

肉助はゆっくりと腰を動かしながら、短期間で変貌《へんぼう》を遂げた若菜を満足して見つめた。

彼女が完全に自分のものになるまで、肉助は何度でも悦びを与え続けてやるつもりでいた。闇の新体操の方は、これからが本番なのだから……。

「くっ、先生……う、動かないで……ボールが落ちちゃう」

「これくらいで音を上げるな。踏ん張ってろよ、気合いでなっ」

「ああっ……そんなに激しくされたら……あああっ‼」

命令通りに若菜が踏ん張ると、秘肉が蠢《うごめ》くようにモノを締めつけてくる。

肉助は悲鳴を上げ続けている若菜の腰を掴み、より深い挿入感を求めて力いっぱい引き寄せると、狂ったように腰を動かしていった。

「ふああっ……ふ、深い……はぁ……はぁぁ！　だめ……落ちちゃいます」

若菜の身体が小刻みに震える。手足で固定されたボールも安定感を失って、何度も落ちそうになった。その都度、彼女は踏ん張って体勢を立て直しているが、それによって肉棒が刺激され、肉助の責めは激しさを増していく。

「あああっ……わ、わたし……もう……‼」

若菜が達した次の瞬間、肉助も限界を迎えて白い欲望を彼女の胎内にぶちまけていた。

第六章　トモミ

闇《やみ》の新体操の選手として、肉助は四人の女生徒を自分のものにした。

肉助の見抜いた通り、類希《たぐいまれ》なる素質を持った少女ばかりだ。更にコーチとして若菜を加え、いつ大会があってもいいように特訓の毎日が続いている。

闇の新体操……。

世の男たちの願望を具現化した、素晴らしくも官能的なフェスタ。

だが——やはり、あの案内状はただの悪戯《いたずら》だったようだ。

明記されていた七月二十日が迫っても協会からはなんの連絡もないし、大会が行われるはずの代々本体育館は、当日まったく違う催しが開かれることが分かった。

(せっかく、小娘共を極上の妖精《ようせい》に仕上げたというのに……)

大会が開催されることを完全に信じていたわけではないが、すべて幻だったかと思うと残念でならない。今まで行ってきたことは無駄でしかなかったのだ。

「あら、戸黒先生」

仏頂面のまま学園の廊下を歩いていると、前方にある教室から出てきた若菜が肉助に気付いて声を掛けてきた。

「お、若菜か」

「どうかしたんですか？　なんだかご機嫌ななめですね」

「ん……いや……教育についてな……」

「教育っていっても、あっちの方なんですよね？」

若菜はそう言うとクスクスと笑った。

度重なる調教ですっかり従順になった彼女は、もはや肉助の肉棒がなければ生きていけないほどの好色女へと変貌《へんぼう》を遂げているが、さすがに人目のあるところでは教師としての顔は維持し続けているようだ。

「……闇の新体操のことでなにかあったんですか？」

憮然《ぶぜん》としたままの肉助を見て、若菜は声をひそめて訊《き》いてきた。

これは彼女にもかかわりのある話だと判断した肉助は、闇の新体操の大会がまったくのデタラメであったことを話して聞かせた。

「そうでしたか……」

話を聞き終えた若菜は、さすがに残念そうな表情を浮かべる。経緯《けいい》はどうあれ、彼女も今では立派な闇の新体操のコーチになったということだろう。

「だったら……その大会を、先生が開催してしまえばいいのではありませんか？」

「……俺《おれ》が？」

若菜の意外な言葉に、肉助は思わず彼女を見つめた。

「他《ほか》の学校にも戸黒先生と同じ理想を持つ人は必ずいるはずです。その人たちに、今度は先生が案内状を送って、自ら大会を開催すればいいいんですよ」

「なるほど……」

肉助は思わず何度も頷《うなず》いた。単純な発想だが今まで思いつきもしなかった。

(大会が行われないのなら、自分でやればいいだけのことか……)

そう考えると、ふっと明るい展望が開けたような気分になる。これならば、女生徒たちに特訓を行ってきたことが無駄にならないのだ。

「……そいつはいい!! さすが若菜だ」

「ふふふ……」

肉助の言葉に、若菜は嬉《うれ》しそうな笑みを浮かべる。

「もうひとつ……大会を開催するのでしたら、今までの単独の演技ではなく、主催者として新しいバリエーションを用意する必要がありますわ」

「うむ、確かにそうだな」

若菜の意見に頷きはしたが、肉助にはこれといったアイデアがあるわけではなかった。もともと闇の新体操自体に規定があるわけではなく、特訓もすべて手探りの状態だったので、思いつくことはすでに一通り試しているのだ。

「しかし、バリエーションといってもなぁ」

「私《わたし》に考えがあります」

肉助のぼやきに、若菜は自信ありげな口調で言った。

その日の放課後――。

例によってクラブ活動が終わる時間を見計らい、肉助は今まで個別に特訓を行っていた四人の選手たちを一堂に呼び集めた。

闇の新体操の選手として初めて顔を合わせる女生徒たちは、互いを見て驚いた表情を浮かべていたが、若菜がコーチとして現れた時、その驚きはピークに達した。

「これは……どういうことですか？」

一同を代表するようにまどかが肉助に訊いてきた。

それぞれが自分以外にも選手が存在することを知っていたが、それがまさか新体操部で見知った者たちばかりだとは想像もしてなかったようだ。

「なに……今までのように、ひとりひとりを特訓するだけでは効果がないと思ったからだ。それに、これから行う新しい演技はひとりでは無理なものだからな」

「新しい演技って……なんなん？」

みくが恐る恐るという感じで問う。

今までかなり無理な注文ばかりをしてきたので、なにをさせられるのか不安なようだ。

「新しい演技とは、コンビネーションプレイだ」

「……コンビネーション？」

肉助の言葉に、ユウが眉根《まゆね》を寄せて不信感を露《あら》わにした。

新体操では聞き慣れない言葉だが、どうせ肉助が嬉々《きき》として口にするからには、ロクでもないことに違いない……という表情だ。

他の者がすべて二年生であるために気後れしているのか、こずえはずっと黙ったままで先輩たちと肉助のやりとりを見つめている。だが、内心は他の者たちと同様、これからなにが行われるのかという不安感でいっぱいのようだ。

「さて、どうしますか？」

自らレオタードに身を包んだ若菜が、肉助と女生徒たちを見比べながら問う。

「うむ……そうだなぁ」

コンビネーションとは——つまり、ふたりの選手によって行われる絡み合う演技だ。

(せっかく教師と女生徒というシチュエーションが目の前にあるのだから、ここは今回の発案者でもある若菜に演じてもらうことにするか……)

肉助はそう決断すると、女生徒たちを見まわし、その相手としてユウを選んだ。

「では、桜井先生。相沢の教育をお願いしようか」

「えっ!?　あたしが……なにをするって？」

突然指名されたユウは、肉助がなにを意図しているのか理解できず、動揺した表情を浮かべて若菜を見つめた。

「承知しました。それで……どういった内容にします？」

「そうだな、保健体育の授業といこう。題は……『女性器について』だ」

若菜の質問に答える肉助の言葉を聞いて、ユウは「はあ？」と首を捻《ひね》った。

「んなもん、新体操に関係ないじゃんか」

「いや……スポーツの第一歩はまず己の肉体を見極めることからだ。せっかく女としての先輩がいるんだ、バッチリ指導してもらえ」

肉助がそう言いながら若菜を見ると、彼女は承知したという感じで頷き、そのままユウの前へと歩いて行く。

「え……あ、あの……」

「さあ、始めましょうか」

思わず後退《あとずさ》るユウに、若菜はニッコリと微笑《ほほえ》みかけた。

「ち、ちょっと待ってよ……先生っ⁉」

ユウを強引に床に押し倒すと、若菜は逆向きになって彼女に覆《おお》い被《かぶ》さっていった。相手の股間《こかん》が目の前にくる、いわゆるシックスナインの形だ。

（ほう……こいつはスゲェな）

まだその体勢になっただけなのに、肉助の股間は早くも反応を始めていた。

女同士のシックスナイン……。

肉助もエロビデオで数え切れないほど観《み》てきたが、生で鑑賞すると、これほどエロティックなものだとは思わなかった。

「それじゃあ……私に続いて復唱してね」

「ふ、復唱って……」

「相沢さんの性器を使って説明していくから、先生の性器で同じようにね」

若菜はそう言うと、目の前にあるユウのレオタードの股間部分の布を指で捲《めく》り上げた。

「あっ……ち、ちょっと……!!」

「ふふふ……とっても綺麗《きれい》ね、相沢さんのここ」

突然のことに、ユウはまだ呆然《ぼうぜん》としたままだ。そんな彼女の割れ目に、若菜はゆっくりと白い指を伸ばしていくと、指の腹を使って恥丘をまさぐる。指導ということで事務的ではあるが、あくまで優しい指遣《ゆびづか》いだ。

「あっ……んんっ!!」

「まずは陰唇部《いんしんぶ》から……ここが大陰唇ね。恥丘の下部から始まって、膣口《ちつこう》を囲んでいる外唇部の皺壁《すうへき》のこと」

「フッ……くぅ」

若菜の指が動く度に、ユウはブルブルと身体《からだ》を震わせる。

別に愛撫《あいぶ》をされているわけではないのだが、肉助によって開発されつつある身体の方が勝手に反応を示してしまうようだ。

「ここは陰部を閉じた状態に維持することと、内部を覆うことによって、外部からの障害を防止する役目を持っています」

「は、はい……」

「相沢さんも同じようにやってみて」

「え……!?　だ、だって……」

さすがに躊躇《ためら》いがあるのか、若菜に促されてもユウは固まったままだ。肉助の命令にはかなり従順になっていたが、相手が同性である若菜では抵抗感があるのだろう。

(まあ、ここは若菜のお手並みを拝見することにしようか)

自ら提案したコンビネーションプレイの第一歩なのだ。若菜がどう出るか、肉助は興味深く彼女の行動を見物することにした。

「どうしたの、相沢さん？　他の女の人のここをジックリ見る機会なんてないでしょう」

「で、でも……」

「恥ずかしいことじゃないでしょ？　これはちゃんとしたお勉強よ」

若菜が少し怒気を込めた声で言うと、ユウはようやく観念したように「分かりました」と小さく囁《ささや》くように答えた。終わるまでは逃げられないと覚悟を決めたのだろう。

（……コーチとしての手腕は俺より上かもしれないな）

若菜を闇の新体操のコーチにしたことに、肉助は改めて満足した。

「この大陰唇は、こうやって少しずつ快感を与えてやることによって……」

「あああっ！」

「さあ、続けてみて」

教えられた通り、ユウはおずおずと手を伸ばして若菜の股間に触れていった。

「んんっ……そ、そうよ」

ユウの指はまだ周囲を撫《な》でまわしているだけだというのに、若菜のそこはきらきらと光る液体を分泌《ぶんぴつ》し始める。

その様子を見て、ユウの思考は徐々に麻痺《まひ》していっているのか、操り人形のように若菜の言葉に従うようになっていく。

参加したい気持ちを抑《おさ》え、肉助は滅多に見れない光景を眺めた。

「こうして開いてみて……このヒダが小陰唇」

「きゃん！」

両手の親指で押し広げられ、露わになったサーモンピンクの内壁に若菜が手で触れていくと、ユウは跳ねるようにして鋭い声を上げた。

「そして、ここの突起。陰核……クリトリスともいうわね」

「んっ……あっ、あああっ！　せ、先生……」

「包皮に包まれて……亀頭《きとう》、海綿体もちゃんとあるのよ。こうやって上から撫でられるだけで気持ちいいでしょう？」

「は、はい……気持ちいいです……んんっ……」

「さあ、先生のも」

クリトリスに対する責めは続いている。ユウはそれに耐えながら、若菜のそこに指を伸ばした。包皮を捲ると、ピンク色のクリトリスが顔を出す。ユウは人差し指で、若菜の敏感な部分に触れていった。

（くくっ……すげぇ授業だな）

肉助はチラリと他の女生徒たちに視線を向けた。若菜がユウに対して行っている授業を、誰《だれ》もが釘付けになったように見つめている。

（もう、全員が股間をグッショリにしているんだろうな）

肉助がほくそ笑みながら視線を戻すと、若菜の指はユウの膣口に当てられていた。

「この上にあるのが膣前庭。周囲にはバルトリン腺《せん》があって、性的に興奮するとここから粘液が分泌されて潤滑油の役割をするの。男性器の膣への挿入《そうにゅう》を助けるのね」

こんな感じで……と若菜は指をユウの膣内へずぶりと潜り込ませた。

「んっあっ‼　いやっ……ぬ、抜いてぇ‼」

ユウは腰を揺すって哀願したが、若菜は平然としたまま行為を続ける。

「あら、相沢さんの中はすごいヒダね。これは挿入された男性器に快感を与えるっていう役割があるのよ。そして最後に……」

若菜はユウの膣の最奥へと指を伸ばした。

「んああっ……あああっ」

「奥まで届いたのが分かる？　ここが子宮口よ」

若菜がそう言って指をぐにぐにと動かすと、ユウは背中を仰《の》け反《ぞ》らせて「分かりました」と何度も何度も譫言《うわごと》のように繰り返した。

「では……私の授業はここまでね」

ユウはかなりの愛液を溢《あふ》れさせているらしく、若菜が指を抜くと、ちゅぽんといやらしく湿った音が響いた。

「ここから先は私には無理ですから……戸黒先生、お願いします」

「待ってましたっ!!」

肩で息をしているユウに近付くと、その尻《しり》を持ち上げて肉棒をあてがう。これだけのものを見せられたのだ。すでに臨戦態勢は整っている。

「ち、ちょっと……なにを……!?」

呆然としていたユウは、肉助のモノを感じて顔を上げた。

「なにって……若菜先生の授業を俺が引き継ぐんだろうがっ」

「相沢さんの子宮の奥まで行けるのは戸黒先生の精子だけなの」

「し、子宮の奥までって……そんな……」

それが膣内射精のことを意味していることは明らかだ。若菜の説明を聞いたユウは、拒否するようにブルブルと首を振った。

「もうやめてよっ……今日は危険日なんだからっ!!」

「心配するな、大丈夫だ。……根拠はないがな」

「い、いやあああっ!!」

バタバタと手足を振るユウの身体を若菜が押さえつけると、肉助は一気に最奥まで怒張を突き入れた。ずっとふたりの淫《みだ》らな姿を見せつけられていたのだ。数回動いただけで、モノはすぐにでも弾《はじ》けてしまいそうであった。

「いやっ……膣はっ……やめてぇぇ!!」

「くくっ、もう遅いな」

尻と腹がぶつかる音……そして、ユウの悲鳴に近い喘《あえ》ぎ声《ごえ》が体育館に響いた瞬間、肉助は彼女の膣内で大量の精を放った。

「いやあああっ!!　入ってくる……入ってくるよぉ……。赤ちゃんができちゃう……先生の赤ちゃんができちゃうよぉ」

肉助が肉棒を引き抜くと、子宮に入りきらなかった精子が若菜の顔面に降り注ぎ、ユウの陰部からは精液とミックスされた淫液がこぼれ落ちる。

若菜がそれを舌を使って舐《な》め上げる様子は、なんとも淫靡《いんび》な光景であった。


若菜によるユウへの授業を手始めとして、肉助は女生徒たちに対して順次コンビネーションの特訓を続けていった。

まずは……みくだ。

すでに、彼女は闇の新体操選手としても期待の新人となりつつあるが、まだまだ観客へのアピール度が少ない。若菜と相談した肉助は、少し過激な方法を採《と》ることにした。

「それじゃあ……羽丘さん、始めましょうか」

引き続きコーチを務める若菜は、にっこりと笑ってみくを呼んだ。

だが、若菜が手にしているものを見て、みくは息を飲んだようにその場に立《た》ち尽《つ》くしたまま動こうとはしなかった。

若菜が持っているのはクラブだが、少し改造が施してある。ふたつのクラブの根元同士を合わせ、ガムテープで繋《つな》げてあるのだ。

「も、もしかして……」

ずっと闇の新体操の特訓を受け続けてきただけあって、みくはそれがなにをするための改造なのかを瞬時に察したようだ。

「みく……たぶん、お前が今考えていることで正解だ」

「そ、そんな……無理に決まってるやんっ」

肉助が肯定するように言うと、みくはブルブルと首を振った。

やはり、ちゃんと主旨は理解しているらしい。ふたつ繋いだクラブを、若菜と互いの女性器へ挿入して繋がろうということに……。

「あら、やる前から『無理』なんて決めつけたらなにもできないわよ。新体操には身体だけではなく、心の柔軟性も必要よ」

「で、でも……」

「それじゃ、先生から入れるわよ」

若菜はそう言うと、自らクラブを女性器にあてがう。

ユウとの授業のおかげで、とろとろに濡《ぬ》れたままだということもあり、普段ならかなりキツイであろう巨大なクラブをしっかりと飲み込んでいった。

「んあっ……ふふふっ、全部入っちゃった……」

「せ、先生……」

クラブの先端部分を深々と咥《くわ》え込んだ若菜の様子に、みくはゴクリと喉《のど》を鳴らした。

「次は羽丘さんの番ね」

「そ、そんな……無理や……」

若菜がそう言って促しても、みくは脅《おび》えたように後退る。

「ほら、若菜先生がああ言ってるんだから早くしないかっ」

肉助は背後からみくを捕まえると、若菜の側《そば》へと引きずって行く。そして、クラブのもうひとつの先端部分をみくの秘部へと押しあてた。

「いやああっ……そんなの無理やぁ!!」

「力を抜いて！　余計な力が入っていると、演技も硬くなるわよ」

クラブに手を添え、若菜は自分の腰を使って押し出すように、みくへの挿入を開始した。

「んあっ……!!　せ、先生……痛い……ですっ!!」

若菜とユウの痴態《ちたい》を見せられ多少は濡れていたとしても、前戯もしていない状態では無理もないだろう。みくは眉根を寄せて悲鳴を上げた。

「大丈夫よ、そのうちに馴染《なじ》んでくるから」

若菜の言葉通り、何度も秘部をつつかれる刺激にみくの秘部は次第に濡れ始め、少しずつではあるがクラブの先端の円錐《えんすい》部分を飲み込み始めている。

しかし、この後が一番太い部分だ。

「だいぶ入ったわね」

「くっ……も、もう……やめてぇぇ」

みくは苦しそうに顔を歪《ゆが》める。

「ここでやめたら芸術点だけで、技術点は入らないわ」

「はっ……そ、そんなぁ……ひっ、ひあああっ!!」

若菜が力をためて一気に腰を突き出すと、ずぶりと音が聞こえてきそうな勢いで、クラブはみくの秘部へと沈み込んでいった。

「どう、全部入ったわよ」

「あああっ……おっきいよぉ……苦しい……」

「さあ、動くわよ。羽丘さん」

「えっ!?　や、やめてぇ……動かんでっ……」

みくは慌てて制止しようとしたが、若菜はすぐに腰を

揺らして抽挿《ちゅうそう》を開始した。

「いやああっ!!　裂けてまう……んっ……あああっ!!」

肉助のモノの数倍はあろうかというクラブを挿入されたのだ。みくは苦しそうに呻《うめ》き続けていたが、次第にその声が甘いものへと変化していった。

「んっ……んあっ……あっ」

若菜自身もかなり感じているようで、恍惚《こうこつ》とした表情を浮かべて腰を揺すり続ける。

ガムテープで結んだところを軸《じく》に、ふたつのクラブは予期しない動きを見せる。それがまた普通とは違った快感をふたりに与えているのだろう。

「ふふふ……羽丘さんも……んっ……だいぶよくなってきたみたいね……」

「ああ……んっ……そ、そんなん……」

「でも、だいぶスムーズになってきたわよ」

若菜の言う通り、みくの秘部からは大量の淫液が分泌され、クラブの出入りも滑らかなものへと変わってきている。ふたりの股間から聞こえてくる音も、ぐちゅぐちゅと湿り気を交えたいやらしいものになってきた。

「さあ……演技の仕上げにかかるわよ」

若菜は密着度を上げたかと思うと、腰の動きにスパートをかけた。

「ふっ……あああっ!!　……き、気持ちええよぉ……っ」

いつしか自らも腰を動かしながら、みくは絶叫に近い声を上げて身体を仰け反らせた。

さすがにふたりを相手にした若菜には休息が必要だ。

自らコーチすることになった肉助は、床の上に横たわったまどかにこずえが覆い被さるような形で正面から抱き合わせ、リボンでぐるぐる巻きにした。

「戸黒先生、これはなんのつもりですか？」

「痛い……動いたらリボンが食い込んでいたいよぉ」

かなりきつく拘束したので、ふたりとも身動きができないらしい。

（さて、これからどうするかな……）

ふたりの美少女が絡み合う様子は、このままでも充分に美しい。だが、闇の新体操であるからには、ここに更なる淫らさを演出しなければならないのだ。

肉助はふたりの背後にまわり込むと、重なり合う股間に視線を這《は》わせた。

まだ幼い割れ目がふたりの動きに合わせて揺れ動いている。未発達ながらも、充分に情欲をそそる光景だ。

（やはり、ここはふたり同時に感じさせる方法でなければアピール度は低いな）

肉助はそう考えると、自らの肉棒を取り出してふたりの密着した秘裂にあてがい、その間に押し入れるようにして侵入していった。

「あっ……!?」

「いやっ……熱い……!!」

きつめに密着させて縛ったとはいえ、経験の少ないふたりの秘裂に挿入するよりはずっと楽に入る。ふたつの秘裂に挟まれた肉棒には、サラサラとしたレオタードと、スベスベした素肌の両方の感触が伝わってくる。

普通のセックスでは味わえない、なんともいえない感覚だ。

「せ、先生のが大きくて……お腹《なか》が苦しいですぅ」

「動けば少しは楽になるだろう。さあ、三人で呼吸を合わせるんだ」

こずえの苦情を無視して、肉助はゆっくりと腰を揺すり、ふたりの秘裂を同時に擦《こす》り上げるように動き始めた。

「あっ……そ、そんなっ……」

レオタードの上からとはいえ秘裂を刺激され、まどかはビクリと身体を震わせる。

「あ、あそこに……擦れちゃうよぉ」

こずえも肉助が動く度に、プルプルと腰を揺らした。

（クッ……さすがに膣内と違って摩擦《まさつ》がきついな……）

レオタードは柔らかい素材でできているが、何度も肉棒を擦りつけていくと熱を伴った痛みが発生する。

「お前ら早く濡らせ。潤滑油が必要だ」

「そんなこと言われても……」

「む、無理ですぅ」

こずえとまどかは、声を揃《そろ》えて言った。

（仕方ない……濡れないのであれば、濡れるように仕向けるまでのことだ）

肉助は一旦肉棒を引き抜くと、手を伸ばしてふたりの股間部分をまさぐり、レオタードの上から秘裂やクリトリスを交互に愛撫していった。

「あっ……ダメッ……そ、それは……んんっ」

「あんっ！　……わたしのアソコ……なんだか……ヘンに……」

まだまだ経験不足とはいえ、この数日間の特訓で、ふたりはかなり感じやすい身体になりつつある。肉助がしばらく秘裂のまわりを刺激するだけで、たちまちレオタード越しにでも分かるほどの愛液が溢れ始めた。

（よし……これだけ濡れればいいだろう）

肉助は、再びふたりの秘裂の間に肉棒を挿入した。愛液のおかげで今度は抽挿がスムーズだ。肉助は勢いをつけ、ふたりの秘裂を同時に蹂躙《じゅうりん》していった。

「んふぅ……あ、当たってる……」

「ああっ!!　……せ、先生のが……んくっ……」

身体の自由を奪われた上に、もうひとりの相手と同時に姦されているのだ。今までとは違った状況に、ふたりはいつも以上に感じてしまっているようである。

「どうだ……こずえ、まどか。イキそうか？」

「イ、イクッ……もう……イッちゃいそう……」

「わ、わたしも……」

ふたりは無意識のうちに互いの身体をすり合わせ、乳房を刺激し合っていた。我を忘れ、身体にもたらされる快感にすべてを委《ゆだ》ねる。その恍惚とした表情こそ、闇の新体操に必要なものだ。

肉助は満足したように笑みを浮かべ、ふたりを同時に絶頂に導くべく、ラストスパートをかけるように腰を激しく動かしていった。


「ふふふ……お疲れさまでした。みんな素晴らしい演技でしたわ」

肉助がこずえとまどかから離れると、若菜が感嘆したように声を掛けてきた。

若菜の言葉に、肉助は「うむ……」としっかり頷き返す。

確かに四人のコンビネーションは、初めてにしては上出来であった。後はこれを大会を開催するまで練り上げていけばよいのだ。

ただ——特訓とは別に、肉助にはもうひとつやるべきことがある。

独自に闇の新体操の大会を行うには、後ひとり……どうしてもメンバーに引き入れなければならない女生徒がいるのだ。

(さて、そろそろ時間のはずだが……)

肉助が体育館の入り口に視線を向けると、ちょうどその女生徒がドアを開けて入ってこようとしているところであった。

「きたか……」

「なによ、わざわざこんな時間に呼び出してっ……」

肉助の顔を見た途端、その女生徒——トモミは、まず文句の言葉を口にした。

「用があるから呼んだんだ」

「なんであたしがアンタなんかに……」

そこまで言って、トモミはようやくまわりの様子に気付き、床に転がっている女生徒たちを唖然《あぜん》とした表情で見つめた。

「な、なに……これ……?」

「闇の新体操の特訓中だったもんでな」

「アンタ……まだ闇の新体操とか言ってるの?」

肉助の真剣な返事に、トモミは呆《あき》れたように肩をすくめる。

「あんなの悪戯に決まってるでしょうっ」

「だからどうしたというのだ？　大会や協会などが悪戯だとしたら、自分で作ってしまえばいいだけのことではないか」

「はあ……バッカじゃないの？　アンタ」

トモミはあからさまに侮蔑《ぶべつ》の表情を浮かべて肉助を見つめた。

（この目だ……ずっと俺を蔑《さげす》むように見やがってっ!!）

いくら弱味を握られているとはいえ、今までトモミが肉助に対して行ってきた言動は、とても許すことのできないものだ。

「……お前は、闇の新体操部の設立に協力してくれるんじゃなかったのか？」

「あんなの嘘《うそ》に決まってるでしょうっ」

肉助が怒りを抑えて質問すると、トモミは吐き捨てるように言った。

「それよりも……『あの秘密』ってなによ？」

強気な態度を維持したまま、トモミは逆に探るように肉助に訊いてくる。

トモミをここへ呼び出すために、肉助は「お前のあの秘密を知っている」と謎《なぞ》めいた手紙を送りつけていたのだ。

「あたしは、アンタなんかに握られる秘密なんか持ってないわよ」

「……そんなものがあれば、俺も是非《ぜひ》知りたいね」

「え……!?」

「プライドと隠し事の塊のような奴《やつ》だからな、お前は。そう言えば必ずくると思っていたんだが……やはり案の定だったな」

くくくっ、と肉助は面白そうに笑った。

ここまで見事に引っかかってくれるとは思わなかった。肉助に指示してきた数々の悪行以外にも、心当たりはまだ沢山あるのだろう。

「だ、騙《だま》したわねっ⁉　……か、帰るっ！」

トモミは憤怒《ふんぬ》の表情を浮かべて踵《きびす》を返そうとした。だが、肉助はそんなトモミに素早く近寄ると、背後から彼女の腕をがっちりと捕まえる。

「帰ってもらっては困るんだ。用があるのは本当なんだからな」

「な、なによ……そんな目をしたって……」

いつになく凶悪な雰囲気を醸《かも》し出《だ》す肉助に、トモミは動揺したように声を震わせた。

「いい加減、お前の態度にはキレかかっているんだ。そろそろたまっている鬱憤《うっぷん》を晴らさせてもらわないとなぁ」

「あ、あたしに……なにかしてただで済むと思ってるの⁉　お爺様《じいさま》にあの計画書を……」

「選手は揃った。俺が学校を出ていってもみんなついてくる」

「な……」

トモミは慌ててまわりを見まわした。

いつの間にか、若菜や四人の女生徒が無言でトモミと肉助のやりとりを聞いている。誰もがトモミの命令によって、肉助に犯された者たちばかりだ。彼女に恨みを持って当然の連中なのである。そのことに気付いたトモミは、脅えたように顔を引きつらせた。

「さて……闇の新体操五人目の選手になってもらうとしようか」

肉助がみくを振り返ると、彼女は無言のままロープを手に近寄ってきた。

「肉助ぇ！　こんなことして……アンタ、覚悟はできてるんでしょうね？」

みくによって両手をロープで拘束されたトモミは、床に転がされて大声を上げた。

内心はともかく、あくまで強気のお嬢《じょう》さんだ。

「お前こそ覚悟はできているか？」

肉助はポケットからクスリの入った小瓶《こびん》を取り出した。

以前に通信販売で買ったパラグアイ産の強力な媚薬《びやく》である。生憎《あいにく》と今まで試す機会がなく、ずっと机《つくえ》の引き出しで眠っていたものだ。

「バッカじゃない!?　そんなもの効くわけがないでしょう」

肉助がクスリの説明をすると、トモミは馬鹿馬鹿《ばかばか》しいと笑い飛ばした。

「だから、お前で試してみるんだよ」

そう言い放つと、肉助はトモミの口を無理やりこじ開けてクスリを飲ませた。彼女は吐き出そうともがいたが、鼻をつまんで嚥下《えんか》するまで見届ける。

「こ、こんなもの……」

トモミはゲホゲホと咳《せ》き込《こ》んだが、飲み込んでしまった後ではどうしようもない。

（さあ、どうなるかが見物だな）

肉助も媚薬自体に劇的な効果があるとは思っていない。だが、媚薬を飲んでしまったことで、トモミの精神部分になんらかの変化があるのではないかと期待したのだ。

「おい、まどか……こいつの足をロープで引っ張り上げる準備をしろ」

「……はい」

肉助の命令に従い、まどかは体育館にある施設を使ってロープの用意を始めた。

「な、なにをする気よ……!?」

黙々と作業を進めるまどかを見て、トモミは肉助に噛《か》みつかんばかりの勢いで問う。

（このお嬢さん……まだ強気な口が利けるのか？）

肉助は呆れたようにトモミを見た。

今の自分の立場がどういうものか、理解できないほど頭が悪いわけではない。それとも、これは恐怖を隠すために、精一杯虚勢を張っているのだろうか。

（まあ……どちらにしても、強がっていられるのは今のうちだけだ）

肉助はゆっくりトモミに近付くと、いきなりスカートを捲り上げた。

「きゃああっ‼　な、なにすんのよっ……」

トモミは身をよじって逃げようとしたが、肉助はそのまま両手で彼女のショーツの端を掴《つか》んで一気に引き下ろした。

「あっ……いやああっ‼」

自分の命令によって辱《はずか》しめを受けることになった女性たちの前で、今度はトモミ自身が自らの秘部を晒《さら》すことになる。肉助は更に秘部を全開させるかのようにトモミの片足を持ち上げ、まどかが用意したロープで縛りつけていった。その片足だけを高く持ち上げた状態は、まるで新体操の演技を思い起こさせるようなポーズであった。

「やめてっ……いやっ……ほどきなさいよっ！　このヘンタイ肉ッ‼」

頬《ほお》を赤く染めながらも、トモミはまだ肉助に罵声《ばせい》を浴びせ続けている。

「こんな格好……一体どうする気なのよっ⁉」

「今日こそは徹底的に指導してやるんだよ」

肉助はトモミの制服の上着をはだけ、ブラウスのボタンを引きちぎって胸を露出させた。他の女生徒同様に、まだ発展途上の乳房がポロリと顔を出す。

「キャアアッ‼」

「……お前のひん曲がった根性を叩《たた》き直してやる」

そう言い放つと、肉助は側にいたまどかに視線を向けた。

「ああっ……イヤッ!!　やめてっ……」

　肉助に命じられ、まどかは自らの股間をトモミの股間に押し当てていった。

「うっ……いやぁ……き、気持ち悪い……」

　まどかのレオタードの股間部分には、まだ肉助が放った精液が付着している。その濡れた感触を直《じか》に肌に感じ、トモミは嫌悪感に顔を歪めた。

「くくっ、そのうち気持ちよくなる」

「うっ……こんなものっ……なるわけないでしょ!?」

「ほれ、まどか……もっと腰を使わないか。ただ擦り合わせるだけじゃダメだ。クリトリスとクリトリスが刺激しあうように、繊細《せんさい》かつ大胆に……だ」

「はい……先生」

　まどかは言われるままに、自らの腰を小刻みに揺らし始めた。一番敏感な部分が互いにぶつかり合うように位置を調整し、今度は大きく腰を動かし始める。

「んっ……くっ……!!　あ、あたしにこんなことして……」

トモミはそう言ってまどかを睨《にら》みつけた。

だが、まどかはまったく意に介さないかのように、冷然とトモミを見つめている。自分がどうして闇の新体操選手に選ばれてしまったのかを知ってしまった以上、トモミには欠片《かけら》ほども同情する余地はないということだろう。

「どうだ、少しは気持ちよくなってきたか？」

「しつこいわねっ、なるわけないって言ってるでしょ!!」

肉助が問いかけると、トモミは怒鳴り声を上げた。

「肉ぅ、アンタ殺してやるからね！　……絶対に殺して……ひあっ!!」

「……ん？」

「ひっ……あああっ……!!」

それまで肉助に対する敵愾心《てきがいしん》で鋭い眼光を放っていたトモミの瞳《ひとみ》が、不意に力を失い、まるで快楽を享受するかのようにトロンとしたものへと変わった。

「おい……まどか。ちょっと離れろ」

「は、はい……」

まどかが身体から離れても、トモミは「アソコが熱い」と呻き始めている。その様子は決して演技などではないようだ。

（なんだ……あのクスリが本当に効いてきたのか？）

効果など期待していなかった分、これには肉助の方が驚いてしまった。

それも効果があるなどというレベルではなく、なにか危険な成分でも含まれていたのではないかと心配してしまうほどである。

「ああっ……うっ……肉助ぇ……なんとかして……ううっ」

苦しそうに身体をよじるトモミの姿を見つめ、肉助は自らの計算違いにニヤリと笑みを浮かべた。これはこれで面白い。むしろトモミを屈服させるには、これほど好都合なこともないだろう。

「は、早く……な、なんとかしてぇ」

「おい、それが教師にお願いする態度か？」

肉助は再びトモミに近寄ると、露出したままになっている乳房の先端で、硬くしこっている乳首を軽く指で弾いてやった。

途端にトモミは身体を跳ね上げる。

「ひぃ!!　……ああっ、お願い……と、戸黒先生……」

わずかな刺激だけでも、身体にはかなりの影響を与えるようだ。

（くくっ……これでようやく、このわがままなお嬢様を屈服させられるぜ）

肉助は乳首を摘《つま》み、すでに大量の愛液で溢れかえっている秘裂に指を這わせた。

もはやどこを触ってもたまらないらしく、トモミは肉助の指が移動する度にギクギクと身体を揺らした。

「よし……俺は教え子想《おも》いだからな。すぐに楽にしてやるぜ」

肉助はすでに天を仰いでいるモノを取り出し、トモミの秘裂へと押し当てていった。

ゆっくりと挿入していくと、処女の証が存在したにもかかわらず、トモミにたいした苦痛はなかったようだ。媚薬は痛覚まで麻痺させてしまっているようである。

「ああっ……戸黒先生の熱いのが……んああっ!!」

「お前の膣の中も熱いぜ……そらっ!!」

「うっ、あっ……あああぁっ!!」

処女膜を突き破って一気に根元まで沈み込むと、トモミは背中を仰け反らせて絶叫した。

その叫びは痛みによるものではなく、肉棒を感じて狂喜する快感の悲鳴だ。

「ああっ……もっと……もっと強くしてっ」

トモミは初体験でありながら、肉助の肉棒から快楽を得ようと自ら腰を振り始める。単に挿入しただけでは身体の火照《ほて》りは鎮《しず》まらないようだ。

肉助はそうと悟ると、一度深く侵入した肉棒を引き抜いた。

「あっ……いやああっ……お願い……もっと……」

「もっとなんだ？　俺のなにが欲しいんだ？」

これまでずっと高飛車な態度を取り続けたトモミに、ここで決定的な服従心を植えつけるべく、肉助は彼女に屈辱的な言葉を要求した。

「そ、それは……」

辛うじて残っている理性とプライドが、トモミに最後の言葉を口にするのを躊躇わせる。

「さあ……なにが欲しいのか言ってみろ」

肉助は肉棒の先端で、大量の愛液に溢れかえる秘裂をつつくように刺激してやった。

もはやギリギリの余裕しかなかったトモミの身体は、これが肉助の企《たく》みと知りつつも、早くその言葉を口にするよう脳に指令を与える。

「せ、先生の……」

「俺の……なんだ？」

「……先生のお○んちんが……欲しいのっ!!」

理事長の孫娘ということで、長年培《つちか》われてきたトモミのプライド。

——それが砕け散る瞬間であった。

エピローグ

一カ月が過ぎた――。

最後にトモミを闇《やみ》の新体操の選手とすることができた肉助は、自らの手で行うことにした大会を目指し、その準備に追われる日々が続いている。

一番の問題であった資金の面も解決でき、すでに肉助の頭の中では開催されるべき大会の様子がはっきりとイメージできていた。

闇の新体操のステージ……。

育て上げた妖精《ようせい》のような女生徒たちの姿……。

そして、選手たちに喝采《かっさい》を送る観客たちの姿……。

後はそれを実現するだけだ。

「先生、なにしてるの？」

体育教官室でぼんやりと今後の展望を想像していた肉助は、不意に背後から呼びかけられて振り返った。

「ん……なんだ、トモミとみくか」

「なんか、難しい顔してたな」

「なにか考え事？」

ふたりの質問に、肉助は「まあ……そんなとこだ」と曖昧《あいまい》に笑ってみせた。

「どうせ闇の新体操のことでしょ？」

「よく分かるな」

トモミの指摘に肉助が驚いた表情を浮かべると、彼女はクスクスと笑った。

「だって先生は、闇の新体操大会の運営委員長になったんだもん。当然よ」

「運営委員長か……うむ、よい響きだ」

「白河財団が秘密裏とはいえ完全にバックアップするんだもん。ちゃんと成功してもらわないとね」

トモミはそう言って、肉助に片目を閉じてみせた。

あれ以来――トモミは媚薬《びやく》など使わなくとも、ちゃんと闇調教に参加するようになった。

それどころか、あれほど反抗的だった様子も消え、今では嘘《うそ》のように積極的であった。

闇の新体操大会の開催にも協力的で、自ら祖父を口説いてバックアップさせることに成功したほどである。

「任せておけ、最高の大会を実現してやる」

「うふふ……じゃあ、その前祝いでもあげておこうかしら」

トモミはそう言うと、椅子《いす》に座っていた肉助の足元にしゃがみ込み、ジャージを引き下ろして肉棒を取り出した。

「ほう……だいぶ分かってきたようだな、トモミ」

「そりゃ、あれだけ特訓を受ければね」

トモミはそう言って笑みを浮かべると、呆然《ぼうぜん》とその様子を見ていたみくを手招きした。

「ほら、みくも手伝いなさいよ」

「え……手伝うって、なにを？」

「アホか、この状況でやることはひとつだろうがっ」

肉助が怒鳴り声を上げると、みくはようやくなにを言われているのかを察したらしく、慌ててトモミと同じように足元へと跪《ひざまず》いた。

「こうよ……こうするんでしょう？」

トモミは肉助の肉棒に手を添えると、優しく上下に擦《こす》り始めた。その手慣れた手つきにモノはすぐさま反応を示し、硬くそそり勃《た》っていく。

「こうして見ると、先生のって……すごく大きい」

「どう見たって大きいだろうが」

肉助はくくっと喉《のど》を鳴らしたように笑うと、みくとトモミに舌を使って愛撫《あいぶ》するように指示した。ふたりは素直に従い、顔を寄せ合って肉助のモノに触れてくる。

特訓の成果もあり、そのテクニックは絶品であった。

(くくっ……この技を観客の前で披露《ひろう》する日が楽しみだぜ)

――いや、それだけでは物足りない。

もっと多くの女を……闇の選手を手に入れたいという欲望が膨らんでいく。

その女たちもみくやトモミのように、美しく……そして淫《みだ》らに踊らせてやりたい。

(そうさ、これからはなんだってできるんだ!!)

肉助は高まっていく情欲と共に、新たな野望を思い描いて下半身を浮かせた。

みくとトモミの手や唇の感触を存分に味わいながら、溢《あふ》れんばかりの野望と情欲の一端を、ふたりの顔へと放出していった。

そう――闇の新体操の歴史は、今始まったばかりなのだ。

END

あとがき

こんにちはっ！　雑賀匡です。

今回は、ぱんだはうす様の「新体操（仮）」をお送りします。

ゲームの方では、主人公である体育教師・戸黒肉助はかなりイッた性格です（笑）。

かなり笑えるシーンもあるのですが、小説の方では凌辱モノであることを考慮して少し大人しくなってもらいました。

本来の肉助を知りたい方は、是非ゲームをプレイしてみてください。

それから、この本が出る頃には、おそらく月刊誌「BugBug」の方でも同名の小説が連載されていると思います。本書とは違って、女生徒側からの視点になっておりますので、合わせて読んでいただけると嬉しいです。


では、最後に……。

K田編集長とパラダイムの皆様、お世話になりました。

そして、この本を手に取っていただいた方にお礼を申し上げます。またお会いできる日を楽しみにしております。

雑賀　匡

新体操(仮)

2002年4月15日 初版第1刷発行

著　者　雑賀 匡
原　作　ぱんだはうす
原　画　さとう

発行人　久保田 裕
発行所　株式会社パラダイム
〒166-0011東京都杉並区梅里2-40-19
ワールドビル202
TEL03-5306-6921 FAX03-5306-6923

装　丁　妹尾 みのり
印　刷　あかつきＢＰ株式会社

乱丁・落丁はお取り替えいたします。
定価はカバーに表示してあります。

既刊ラインナップ

定価 各860円+税

1 悪夢～青い果実の散花～
2 脅迫
3 痕～きずあと～
4 慾～むさぼり～
5 黒の断章
6 淫従の堕天使
7 Esの方程式
8 歪み
9 悪夢 第二章
10 瑠璃色の雪
11 官能教習
12 復讐
13 淫Days
14 お兄ちゃんへ
15 緊縛の館
16 密猟区
17 淫内感染
18 月光獣
19 告白
20 Xchange
21 虜2
22 飼
23 迷子の気持ち
24 ナチュラル～身も心も～
25 放課後はフィアンセ
26 骸～メスを狙う顎～
27 朧月都市
28 Shift!
29 いまじねぃしょんLOVE
30 ナチュラル～アナザーストーリー～
31 キミにSteady
32 ディヴァイデッド
33 紅い瞳のセラフ
34 MIND
35 錬金術の娘

36 凌辱～好きですか？～
37 MydearアレながおじさんDEAD
38 狂＊師～ねらわれた制服～
39 UP！
40 魔薬
41 臨界点
42 絶望～青い果実の散花～
43 美しき獲物たちの学園 明日菜編
44 淫内感染～真夜中のナースコール～
45 MyGirl
46 面会謝絶
47 偽善
48 美しき獲物たちの学園 由利香編
49 せ・ん・せ・い
50 sonnet～心かさねて～
51 リトルMyメイド
52 flowers～ココロノハナ～
53 サナトリウム
54 はるあきふゆにないじかん
55 プレシャスLOVE
56 ときめきCheckin!
57 散櫻～禁断の血族～
58 Kanon～雪の少女～
59 セデュース～誘惑～
60 RISE
61 虚像庭園～少女の散る場所～
62 終末の過ごし方
63 略奪～緊縛の館 完結編～
64 Touchme～恋のおくすり～
65 淫内感染2
66 加奈～いもうと～
67 PILE・DRIVER
68 Lipstick Adv.EX
69 Fresh!
70 脅迫～終わらない明日～

71 うつせみ
72 Xchange2
73 M.E.M.～汚された純潔～
74 Fu・shi・da・ra
75 絶望～第二章～
76 Kanon～笑顔の向こう側に～
77 ツグナヒ
78 ねがい
79 アルバムの中の微笑み
80 ハーレムレーサー
81 絶望～第三章～
82 淫内感染2～鳴り止まぬナースコール～
83 螺旋回廊
84 Kanon～少女の檻～
85 夜勤病棟
86 使用済～CONDOM～
87 真・瑠璃色の雪～ふりむけば隣に～
88 Treating 2U
89 尽くしてあげちゃう
90 Kanon～the fox and the grapes～
91 もう好きにしてください
92 同心～三姉妹のエチュード～
93 あめいろの季節
94 Kanon～日溜まりの街～
95 贖罪の教室
96 ナチュラル2 DUO 兄さまのそばに
97 帝都のユリ
98 Aries
99 LoveMate～恋のリハーサル～
100 恋ごころ
101 プリンセスメモリー
102 ぺろぺろCandy2 Lovely Angels
103 夜勤病棟～堕天使たちの集中治療～
104 尽くしてあげちゃう2
105 悪戯Ⅲ

最新情報はホームページで！　http://www.parabook.co.jp

106 使用中〜W.C.〜 原作：ギルティ　著：萬屋MACH
107 せ・ん・せ・い2 原作：ディーオー　著：花園らん
108 ナチュラル2DUO お兄ちゃんとの絆 原作：フェアリーテール　著：清水マリコ
109 特別授業 原作：BISHOP　著：深町薫
110 Bible Black 原作：アクティブ　著：雑賀匡
111 星空ぷらねっと 原作：ディーオー　著：島津出水
112 銀色 原作：ねこねこソフト　著：高橋恒星
113 奴隷市場 原作：ruf　著：菅沼恭司
114 淫内感染〜午前3時の手術室〜 原作：ジックス　著：平手すなお
115 懲らしめ 狂育的指導 原作：ブルーゲイル　著：雑賀匡
116 傀儡の教室 原作：ruf　著：英いつき
117 インファンタリア 原作：サーカス　著：村上早紀
118 夜勤病棟〜特別盤 裏カルテ閲覧〜 原作：ミンク　著：高橋恒星
119 姉妹妻 原作：13cm　著：雑賀匡
120 ナチュラルZero＋ 原作：フェアリーテール　著：清水マリコ
121 看護しちゃうぞ 原作：トラヴュランス　著：雑賀匡

122 みずいろ 原作：ねこねこソフト　著：高橋恒星
123 椿色のプリジオーネ 原作：ミンク　著：前薗はるか
124 恋愛CHU！彼女の秘密はオトコのコ？ 原作：SAGA PLANETS　著：TAMAMI
125 エッチなバニーさんは嫌い？ 原作：ジックス　著：竹内けん
126 もみじ「ワタシ…人形じゃありません…」 原作：ルネ　著：雑賀匡
127 注射器2 原作：アーヴォリオ　著：島津出水
128 恋愛CHU！ヒミツの恋愛しませんか？ 原作：SAGA PLANETS　著：TAMAMI
129 悪戯王 原作：インターハート　著：平手すなお
130 水夏〜SUIKA〜 原作：サーカス　著：雑賀匡
131 ランジェリーズ 原作：ミンク　著：三田村半月
132 贖罪の教室BADEND 原作：ruf　著：結字糸
133 -スガタ- 原作：May-Be SOFT　著：布施はるか
134 Chain 失われた足跡 原作：ジックス　著：桐島幸平
135 君が望む永遠 上 原作：アージュ　著：清水マリコ
136 学園〜恥辱の図式〜 原作：BISHOP　著：三田村半月
137 蒐集者〜コレクター〜 原作：ミンク　著：雑賀匡

138 とってもフェロモン 原作：トラヴュランス　著：村上早紀
139 SPOT LIGHT 原作：ブルーゲイル　著：日輪哲也
142 家族計画 原作：ディーオー　著：前薗はるか
143 魔女狩りの夜に 原作：アイル　著：南雲恵介
144 憑き 原作：ジックス　著：布施はるか
145 螺旋回廊2 原作：ruf　著：日輪哲也
146 月陽炎 原作：すたじおみりす　著：雑賀匡
147 このはちゃれんじ！ 原作：ルージュ　著：三田村半月
149 新体操(仮) 原作：ぱんだはうす　著：雑賀匡
151 new〜メイドさんの学校〜 原作：SUCCUBUS　著：七海友香

好評発売中！

〈パラダイムノベルス新刊予定〉

☆話題の作品がぞくぞく登場！

152. はじめてのおるすばん

ZERO　原作
南雲恵介　著

　しおりとさおりは双子の女のコ。ある日母親が交通事故で一日入院、隣家の大学生宏とお留守番することになった。その日から、ふたりは優しいお兄ちゃんにイケナイことを教えられ…。

4月

153. Beside ～幸せはかたわらに～

F&C・FC03　原作
村上早紀　著

　ひとつ屋根の下で過ごしてきた静瑠。姉であり初恋の相手でもある彼女に思いを告白した太平だが、返事は曖昧な微笑だった。月日が流れ、太平と再会した彼女は女優を目指していた！

5月